「ひとりで脱ぐのは大変そうだ。手伝ってやろう」
柊吾は真面目に言ったのだが、紫緒は顔を真っ赤にして慌てた。

箱入り姫の嫁入り
Wedding of Shio who's been kept in cotton wool.

真先ゆみ
YUMI MASAKI presents

KAIOHSHA　ガッシュ文庫

イラスト☆六芦かえで

箱入り姫の嫁入り

CONTENTS

★本作品の内容はすべてフィクションです。
実在の人物・地名・団体・事件などとは一切関係ありません。

縁
―えにし―

「ただいま参りました。お爺様《じいさま》」

涼やかな声とともに、松竹梅が描かれた襖《ふすま》がすらりと開く。

現れたのは、西陣の着物を纏《まと》った、艶《あで》やかな人形のような少女だった。

地色が紅の振袖《ふりそで》には四季草花文様が描かれ、立て矢の変わり結びにしている袋帯は、金糸を織り込んだ古典柄華文様。

小さな顔を包む柔らかそうな髪にも赤い花飾りをつけ、伏せがちの目元に化粧っ気はないが、きゅっとつぐんだ唇は紅を刷いたように赤い。

閉じた襖の前で居住まいを正した人形は、膝《ひざ》の前に三つ指をつくと、広い和室の中央にいる玖園《くおん》柊吾《しゅうご》に向かって優雅にお辞儀をした。

「初めまして。二条《にじょう》紫緒《しお》と申します」

澄んだ声は耳に心地よく響いたが、なんとも言えない違和感があった。

顔立ちに似合った優しい声だったが、少女らしい甘さや愛らしさとはどこかが違う。

不躾《ぶしつけ》なのを承知で、まじまじとその全身を眺めているうちに、柊吾はあることに気づいて目を見張った。

「まさか、男……か？」

脚付きの将棋盤《しょうぎばん》を挟んで向かい側に座っている老爺《ろうや》に目を向けると、老爺は柊吾の様子を窺《うかが》っていたのか、人の悪い笑みを浮かべていた。

「ほう、気づいたか」

「当たり前でしょう。なんの余興ですか、これは」

「余興などではないわ。おまえが勝ったら褒美をやると言ったろう。ほれ、遠慮せずに受け取れ」

とぼけた調子でそう言った老爺の名は、二条久嗣《ひさつぐ》。すでに楽隠居した身でありながら、いまだ政財界に強い影響力を持ち、二条グループに君臨し続けている影の会長だ。

祖父と古くからの友人でもある久嗣翁《おう》から、久しぶりに顔を見せに来いと電話があったのが昨夜のこと。相変わらず相手の都合を考えない急な呼び出しだったが、もう慣れたことだし、仕事の多忙さも落ち着いていたところだったので、柊吾は暮れの挨拶《あいさつ》も兼ねてこの屋敷を訪れていた。

久嗣翁が好きな辛口の吟醸酒《ぎんじょうしゅ》を持参し、訊《き》かれるまま近況などを話して、いつものように将棋盤を挟んで向かい合うと、久嗣翁が珍しいことを言い出した。

『今夜は、おまえが勝ったら、特別な褒美をやろう』

勝負にスリルを求めて条件をつけることはいままでにもあったが、今回はやけに意味深だった。

『褒美？　いったいなんですか、それは』

『それは勝ってからのお楽しみだ』

もったいぶった笑みといい、いったいなにを企んでいるのかと思ったが、わざわざ特別だと言う褒美には少なからず興味がわく。

『わかりました。勝負しましょう』

久嗣翁の将棋の腕前はかなりのもので、老獪《ろうがい》な試合運びには油断がならないのだが、柊吾もまったく対抗できないわけでもない。

勝負は中盤からかなり苦戦したが、隙をついてなんとか持ち直し、最後は僅差《きんさ》で久嗣翁を打ち破った。

『腕を上げたのう、柊吾。よくぞ勝った。よしよし、褒美には、ほれ、これをやろう』

そうして久嗣翁が示した襖の向こうから現れたのが、和装の人形。いや、なぜか振袖を着た少年だったのだ。

「紫緒、こちらへおいで」

久嗣翁は、山鳩《やまばと》色の羽織《はおり》の袖からしわだらけの手をのばして紫緒を招く。

「はい、お爺様」

紫緒はこくりと頷《うなず》くと、白い足袋《たび》を履いた足でしずしずと歩み寄ってきた。もう少しで手が届くくらいのところまで来ると、着物の裾《すそ》が乱れないように手をそえ、すっと正座する。それはとても自然で、しっかり身についているのだとわかるしぐさだった。

間近で見ても、紫緒は少女のように可憐《かれん》な少年だった。

頬《ほお》は透きとおるように白くすべらかで、長いまつげが大きな瞳を縁取り、艶やかな唇はふっくらと甘く柔らかそうだ。

なにより整った顔立ちは、優しげで愛らしい。

これで男なのかと、まだ信じがたい想いでいると、久嗣翁が笑いまじりに言った。

「どうだ、見惚《みと》れるほど可愛いだろう。おまえの嫁にやるから、存分に可愛がってやってくれ」

「嫁!?」

柊吾は自分の耳を疑った。将棋に勝った褒美がなぜ嫁なのか、意味がわからない。

驚愕する柊吾をよそに、紫緒は微笑《ほほえ》みながら三つ指をつくと、深々とお辞儀をした。

「玖園様、不束者《ふつつかもの》ですが、末永くよろしくお願いいたします」

久嗣翁に従順で、言葉や行動になんの疑いも抱いていない様子の紫緒に、柊吾はじれったいような苛立《いらだ》ちを感じた。

「爺さん、これはどういうことだ」

なにか企んでいるのだろうか。それとも久嗣翁が好む悪ふざけの一種なのか。それほどこのなりゆきは信じがたく、理解できないものだった。

「なんのつもりか、はっきりと説明してくれ」

ぞんざいな口調になったが、久嗣翁は気分を害することもなく答えた。

「説明もなにも、言葉のとおりだ。紫緒は確かに男だが、おまえは女嫌いだからなにも問題はなかろう」

「べつに女嫌いなわけではありませんよ」

確かに、資産や家柄に目の色を変える女たちにはうんざりしているし、傍《そば》に寄せつけないでいることは否めない。だからといって、男がいいというわけではない。過去の恋愛経験は、すべて女性が相手だ。

「紫緒は、春には高校を卒業するのだが、将来のことを考えたら、わしがこれと見込んだ相手に託すのが一番いいと思うてな。なに、花嫁修業はさせておる。茶道に華道、香道もたしなみ、ひととおりの家事もこなせるからの。家のことを任せる相手を貰《もら》ったと思えばよかろう」

「でも、彼は男でしょう」

誰かに託したいのであれば、信頼のおける家に婿《むこ》養子にいくという選択もあるだろう。

男がなぜ嫁がねばならないのか。根本的に間違っているし、一番重要なことを無視している。

「並の女よりも器量よしだし、素直で気立てもいいぞ。わしが手塩にかけて育て上げた自慢の子じゃ。貰って損はないぞ」

「そういう問題ですか」

「まあまあ、今日は顔合わせということでな。いますぐに持っていけとは言わんよ。春までは、まだ間があるしな」

祝言は卒業してからだと、久嗣翁は時代劇のご老公のように高らかな笑い声を上げた。

性格は豪放磊落《ごうほうらいらく》。そしてどこまでも狡猾《こうかつ》でしたたかで抜け目がない。戦後の財界を生き抜き、常識にとらわれない柔軟で大胆な発想をもって巨万の富を築いた老爺には、ときに振り回されながらも好感を持ち、尊敬もしていた。

けれど、ここまで現実離れしたことを言いだすとは思ってもみなかった。

はなから柊吾の意思は無視しているのだから、なにを言っても無駄だろう。久嗣翁には、こうと決めたら己の思いどおりに事を運ばなければ気がすまない悪い癖《くせ》がある。

この妖怪もどきが。柊吾は心の中で悪態をついた。

「まずはデートの約束からだのう」

勝手な算段を立てている久嗣翁に、紫緒は柔らかな笑顔で頷いている。なんの疑いも抱かず、久嗣翁を心から慕っているような表情だ。

十八歳にもなる少年に振袖を着せて喜んでいる久嗣翁には呆《あき》れるが、紫緒のことは理解できなかった。

紫緒もこの横暴な話の被害者のはずだが、いったいどう思っているのだろう。おっとりとした外見どおり、命じられたことには逆らわず、流されやすい性格なのだろうか。

どちらにしろ、ずいぶんと変わった子だ。

考えていると疲れてきたので、これ以上はつき合いきれないと、柊吾は夕食への招きを丁重に辞退した。

屋敷を辞するまでの間、ふたりの会話には生返事を返すか、あえて聞き流すことしかできなかった。

その日の深夜。

外食したあと、馴染《なじ》みのバーで酒を軽く飲んで自宅マンションに戻った柊吾は、リビングのソファにどさりと身を投げ出した。

疲れた気分だが、眠る前にやっておきたいことがある。

ジャケットのポケットから携帯電話を取り出すと、時刻は午前零時を過ぎたばかり。

現在の季節だと十四時間の時差があるニューヨークは午前十時頃だと計算し、アドレスから番号を選んで呼びだす。

平日の昼間で忙しいのは承知のうえだが、どうしても確かめたいことがあった。

携帯電話を耳に当てると、そう待つこともなく相手とつながった。

『やあ柊吾。珍しいな、こんな時間におまえからかけてくるなんて』

幼稚舎時代からの親友・二条天彰《たかあき》。久嗣翁の直系の孫で、天彰の世代の内孫や外孫を合わせたなかでも格別に可愛がられている男だ。

天彰と仲がいいおかげで、血縁関係もなにもない柊吾までが、幼いころから久嗣翁に孫同然に扱われ、なにかと目をかけられている。ただそれは、良くも悪くもあったが。

天彰は親族が経営する会社に入って安定することを厭《いと》い、外資系企業に就職して、現在はニューヨークの本社で勤務している。

直接話すのはひと月ぶりだが、柊吾は挨拶もなく切り出した。

「おまえの爺さんから、二条紫緒というやつを紹介されたんだが、知っていることがあれば教えてくれ」

『紫緒？　ああ、知ってるよ。へえ、会ったのか』

天彰は、みょうに感心している。

「爺さんとは長いつき合いだが、あんな年頃の子供がいるとは知らなかった。春には高校を卒業するらしいが」

『もう卒業か。早いなあ。余所《よそ》の家の子は成長を早く感じるっていうけど、本当だな』

「……天彰」

『ああ、悪い。こんな時間にわざわざ電話してくるんだ。よっぽどのことだよな。それで？　なにが知りたい？』

ひょうひょうとした天彰のペースにため息をつきつつ、柊吾は遠まわしにではなく直球できりだした。

「二条紫緒が、何者なのか知りたい」

『何者か、ねぇ』

「なんだ？　なにか話すとまずいことでもあるのか？」

『うーん……』

　天彰はなぜか歯切れが悪く、迷っているようだったが、ふっと笑ったような気配が伝わってきた。

『まあ、いいか。おまえ、もう会ってるんだしな。続柄を言えば、紫緒は祖父《じい》さんの養子だよ。実際は、たしか祖父さんの弟の娘の長男だったか……』

「養子？　隠し子か、遅くにできた子じゃないのか」

『それは話せば長くなるんだが……』

「いいから話せ」

『仕事中なんだけどなあ。ちょっと待ってて』

　続きを急《せ》かすと、携帯をいったん遠ざけたらしい天彰が、英語でなにやら指示を出しているらしいやり取りが、くぐもった音で聞こえてくる。

『おまたせ』

「いや、こっちこそ悪い。仕事中に」

『いや、かまわないよ。いつもは俺が柊吾の仕事を邪魔するほうが多いしね。それで、順を追って話すとだな、祖父さんが会長職を引退すると決めた年に、自分の人生での心残りは、娘を育てられなかったことだといきなり言い出してね』

「そういや、久嗣翁の子は三人とも男だな」

その長男でグループの中心企業の社長におさまっているのが、天彰の父親だ。

『あの性格だから、諦《あきら》めきれなかったのだろうね。誰か、親族のなかで娘代わりにできる子はいないだろうかと探し始めたんだ』

「そういえば……親戚連中が色めき立っていてうるさいと、おまえがぼやいていた時期があったな」

たしか柊吾たちが大学生のころだ。

久嗣翁の養女ともなれば、娘どころか親族縁者までがその恩恵にあずかれる。遠い分家筋などは、特に躍起になったことだろう。

『だが、いくら探しても、祖父さんがこれぞと気に入る子は見つからない。いっそ血縁者でなくてもいいかと思い始めたときに、偶然目にとまったのが、紫緒だった』

紫緒の母親は嫁いで苗字《みょうじ》が変わっても、一条家の集まりにはよく顔を出す人だったらしい。その日も生まれたばかりの紫緒の弟のお披露目を兼ねて、親族が大勢集まる本家へとやって来ていたのだそうだ。

そこで、まだ幼かった紫緒が久嗣翁の目にとまった。

『紫緒は赤ん坊のころから抜群に可愛い子でね、しかも素直で賢くて、祖父さんは一目で気に入って、男の子なのに、娘として育てたいと強引に引き取ってしまったんだ。紫緒が三歳の時のことだよ』

「……三歳」

『当時から、祖父さんには誰も逆らえないからね。生家にはそれ相応の見返りがあったようだし、暗黙の了解ということで、親族全員、黙って従うほかはなかった。もちろん紫緒もね』

「おまえ、紫緒に会ったことは?」

『あるよ。実家にいたころに、何度か。いつも祖父さんの傍か、屋敷の奥にいたから、たまに見かける程度だったけれど』

男なのに振袖姿が板についていたのは、そういう事情があったからなのか。

服装や立ち振る舞いまで娘として扱われてきたのなら、そうなっても仕方がない。

だがその挙句に男に嫁入りだ。なにもわからなかった三歳のころならともかく、十八歳にもなってそれでいいのかと、柊吾は紫緒の自主性のなさに呆れた。

初見で感じた印象どおり、綺麗《きれい》なだけの人形なのだろう。自分ではなにも考えず、判断せず、従順でおとなしくて、つかみどころがなさそうな子供だ。

『それで? 紫緒がどうした? 知ってることを教えてやったんだ、おまえもなにがあったのか話せよ』

「ああ……じつはな」

こんな話、飲みながらでもなければやってられないと、柊吾は壁際に置いてあるキャビネットに歩み寄り、棚から洋酒の瓶を取り出した。

「今日、爺さんに呼びだされてな」

キッチンでグラスを用意し、携帯電話を肩と頬で挟みながら、器用にバーボンをそそぐ。

「将棋で勝った褒美に、紫緒を嫁にやると言われた」

『嫁⁉ ははは、なんだよそれ。おもしろい冗談だな』

「ああ、冗談だったらいいんだがな」

『まさか、本当なのか？』

無言で肯定してやると、さすがに電話の向こうの雰囲気も変わった。

『……おまえも大変だな、柊吾』

「おまえ、他人事《ひとごと》だと思ってるだろう」

『祖父さんに逆らおうとしてもムダだからな。まあ、頑張れよ』

「天彰……」

ソファに戻り、グラスの中身を一口飲むと、ほのかに甘い香りが喉《のど》をすべり落ちていく。

『いまは、決まった相手はいないのだろう？　おまえみたいな男はたぶん……っと、悪いな。時間切れだ』

言いかけた途中でやめられて、なんだかすっきりとしないが、仕事では仕方がない。

「いや、こちらこそ、長々と悪かった」

『なにか進展したら、隠さずにすぐ教えろよ』

からかうように言うと、天彰は返事も待たずにさっさと通話を切った。

「進展したら……って、おもしろがってやがるな、あいつ。やっぱりあの爺さんの孫だ」

基本的な性格が、孫たちの誰よりも一番よく似ている。

男を嫁に貰う話で、進展などあるはずがないだろう。

久嗣翁の気が早く変わることを願いながら、柊吾はグラスに残っていたバーボンを飲み干した。

できることならうやむやにしてしまいたい柊吾の思いをよそに、それから何度も久嗣翁から連絡が入った。

そうそう無下にできない相手に、

『おまえは老い先短い爺《じじい》の頼みがきけんのか』

そう呪文のようにくり返されては、逆らえるはずもなくて。

先日の訪問から一週間後の、年の瀬もおしせまった寒い日に、柊吾はふたたび二条の屋敷を訪ねた。

いつものように久嗣翁が私的に使っている棟の客間に通され、やって来るのを待っていると、紫緒がひとりで現れる。

前回とは違う桜色の振袖姿で、熱いお茶を載せた盆を持っていた。

「申し訳ありません。お爺様は、先ほど急用で外出しまして、代わりにお相手をするようにと申しつかりました」

「……そうですか」

柊吾は顔には出さなかったが、内心で舌打ちした。

間違いなく確信犯だろう。本当に急用ならば、玄関先で留守だと伝えられるはずだ。

紫緒と会わせることが目的なのはわかっていたが、ふたりきりにされるとは思っていなかった。

柊吾の前にお茶を置いた紫緒は、黒檀《こくたん》の座卓の向かい側に座る。

しばらくの間、柊吾の言葉を待っていたようだが、柊吾がお茶を飲むだけでずっと黙っていたので、控えめに声をかけてきた。

「あの、柊吾さん、とお呼びしてもいいですか？」

「……かまわないよ」

「ありがとうございます」

たったそんなことで嬉《うれ》しそうに微笑まれると、なんだかいたたまれない気持ちになる。

きっと悪い子ではないのだ。歳の離れた相談相手にでも選ばれたのなら、それなりに優しくしてあげられただろう。

けれども久嗣翁が望んだのは嫁入りだから、こうも面倒なことになっている。

じっと紫緒を見つめると、紫緒は恥ずかしいのか、はにかみながらまぶたを伏せた。

久嗣翁も言っていたが、本当に、下手《へた》な女よりもよほど愛らしい子だと思う。

「きみは今日も振袖なんだな。いつも着物で生活を？」

「いいえ。いまは、お爺様が望まれたときに着ています。この振袖は、柊吾さんがいらっしゃると伺ったので、お相手をするのに失礼のないよう支度しました」

「そうか」

あなたのために綺麗に装ったのだと言われれば悪い気はしないが、そうそう絆《ほだ》されてはやれない。受け入れてしまえば、もれなくやって来るのは男の嫁だ。

「きみはどう思っている」

「なにをですか？」

「今回のことだ。勝負事の褒美にされて、それが男へ嫁入りだ。いくら爺さんの望みでも暴走しすぎだと俺は思うんだが、きみはどうだ？」

訊《たず》ねると、紫緒は考えるように小首を傾《かし》げた。

「わたしは……」

そして延々と考えている。

表情はおっとりとしたまま、それが柊吾には、夕食に食べたいものを訊かれて迷っているのと大差ないように見えた。

「きみは、あまり困っているようには見えないな」

「そうですね……はい。特に困ってはいません。お爺様が暴走なさるのは、よくあることですし」

紫緒はにっこりと笑って答えた。

そんなふうに笑って言える紫緒のことがわからない。

いったい自分の人生をなんだと思っているのだろう。今回のことだけではなく、ずっと以前から、三歳のころから、紫緒は久嗣翁の暴走で人生を狂わされているではないか。

それなのになぜ、笑っていられるのか。柊吾にはわからない。理解に苦しむ。

「きみの意思など関係なしに、見知らぬ男のものになれと言われたんだぞ。嫌だと思わないのか」

口調が少々きつくなってしまったが、紫緒は気にならなかったのか、白い頬を少し赤らめた。

「思いません。お爺様が、わたしのために良かれと選んでくださったお相手ですから。嫌ではありません」

「それなら、もし俺が、とんでもない変態だったらどうするんだ」

「……変態なんですか?」

驚いたらしく、大きな瞳がますます大きくなる。

「違う。もしもの話だ。変な趣味があって、それをおまえに強要するような男だったらどうする」

「柊吾さんは違うのでしょう? それでしたら大丈夫です。でも……」

「でも？」

「あの……変なご趣味がどういうものなのかわかりませんが、大切なことでしたら、妻として旦那《だんな》さまのご希望にそえるように精進いたします」

それはまるで決意表明のようで、柊吾はふっと苦笑をさそわれた。

なんなのだ、この生き物は。従順で素直なのも、ここまでくれば天晴《あっぱれ》だ。

紫緒は男として生まれてきたのに、こうして娘でいるほうが幸せだというのか。

「そうか。たいしたものだな」

話をしてみれば、きちんと受け答えもできるし、そう考えなしでもない様子だ。

ただの人形かと思えば、紫緒なりの意思も持っているようなのに、どうして久嗣翁の言いなりになっているのかがわからない。

悪い子ではないと思う。もっと別の出会いかたをしていれば、歳の離れた友人として可愛がってやれたかもしれない。

だが嫁入りはありえない。いくら望まれても、とうてい頷くことなどできない。

「だが、俺はまだ他人の人生を背負う覚悟ができていないので、申し訳ないが、このお話は辞退させていただきたい。失礼する」

柊吾は言うだけ言って用件をすませると、真顔で見上げてくる紫緒を残して、さっさと客間をあとにした。

新年が明け、元旦から全国的に好天に恵まれた日本列島は、幸先の良いスタートを切っていた。

けれど柊吾の状況は、そう穏やかというわけでもない。

あの日、紫緒にはっきりと返事をしたはずなのに、どう伝わったのか、いまだに久嗣翁から呼び出しの電話がかかってくる。

行けば同じことになると予想はつくので、柊吾は仕事を理由に訪問を断り続けていた。

柊吾は小説を書くことを生業《なりわい》としている。実際に新たな作品に取りかかったばかりで、時間が取れないのは嘘《うそ》ではなかった。

瀟洒《しょうしゃ》なマンションの二十三階。３ＢＲの自宅の書斎に籠り始めて数日。

仕事の進み具合によっては寝食を後回しにする柊吾が、時間を忘れて作業をしていると、いきなり玄関チャイムの音で現実に引き戻される。

「……ったく、誰だ」

仕事の邪魔をされて苛立ちながら、宅配便が届く予定でもあったかと記憶を探った柊吾は、ふと気づいた。

いまのは警備員が常駐している一階のエントランスからの呼びだし音ではなく、玄関ドアにあるチャイムの音だった。確認もなしにエントランスを通過してここまで上がって来られる相手は限られている。

近々休みが取れたら帰国すると言っていた天彰だろうか。

柊吾はリビングにあるインターホンのモニターを確認してみた。すると映し出されたのは、予想した天彰の姿ではなく、小柄な着物姿で……。

「まさか、紫緒か？」

訪問の連絡など受けていない。ただ、ここ数日は携帯電話に触った覚えがないので、もしかするとメールか留守番電話で予告されていたのかもしれないが、了解した覚えはない。

モニターの中の紫緒は、着物の袖や裾の具合が気になるのか、落ち着かなく何度も触れては直している。そしてまたチャイムを鳴らしてもいいものか迷うように、指を伸ばしたりひっこめたりしていた。

居留守を使う手もあるが、あとでばれても面倒だ。

柊吾は気が進まないながらも、とりあえず玄関へと向かった。

カギとドアを開けると、困った様子だった紫緒の表情が、ほっとしたものに変わる。

紫緒はすっと頭を下げ、上品に会釈《えしゃく》をした。

「柊吾さん、こんにちは」

「今日、約束していたかな」

「いえ、実は、お爺様からお届けするように言われまして、これを……」

紫緒が差し出したのは、四角い立方体の風呂敷包みだった。

どうやら呼び出しに応じない柊吾に焦《じ》れた久嗣翁が、反対に紫緒を送り込むために適当な用事を言いつけたのだろう。久嗣翁の手引きなら、住人でもない紫緒がエントランスを通過することくらい造作もない。

仕方がないので受け取ると、縦横が二十センチほどのそれは、意外に重量があった。

「確かに受け取ったから」

「あの、柊吾さん」

「すまない。いま仕事中で、相手をしている余裕がないんだ」

遠まわしに帰れと言ったのが伝わったらしく、紫緒は、きゅっと唇をつぐんだ。

「……そうですか。突然お邪魔してしまって申し訳ありませんでした」

「いや、気をつけて」

「はい。……失礼します」

またいちいち丁寧に会釈をして、紫緒はエレベーターホールへと戻っていく。

後ろ姿を見送るまで、ほんの一分程度の短いやり取り。

ドアを閉めた柊吾は、持っていた風呂敷包みをひとまず床に置いた。

このサイズと重さだと、骨董品《こっとうひん》の類だろうか。壺《つぼ》とか置物とか。

「……まあいい」

こんなものは後回しだ。

柊吾は書斎に戻ると、すぐに仕事を再開した。集中して、過ぎること数時間後。室内が暗くなってきたことと空腹が重なって、さすがに作業の手が止まった。

とりあえず、なにか腹に入れないと思考が鈍くなっている。

「食べに出るのは面倒だな」

ストックしてある食材を思い浮かべ、簡単なパスタですまそうと考えながら書斎を出た柊吾は、暗い玄関に置き去りにしていた包みを思い出した。

勝手に届けられた品でも、礼を欠かすわけにはいかない。

玄関に寄って軽い動作で拾い上げ、リビングの横のキッチンで、鍋の湯が沸くのを待つ間に開けてみる。すると風呂敷に入っていたのは、蒔絵《まきえ》も見事な三段の重箱だった。

「重箱？」

薄い蓋《ふた》を開けてみると、中にはおいしそうな料理がぎっしりと詰まっていた。

ふっくらと焼けた出汁巻玉子《だしまきたまご》に、根菜の炊き合わせ。銀だらの西京焼《さいきょうやき》と、わかさぎの抹茶揚《まっちゃあ》げ。野菜のてんぷらや牛肉の八幡巻《やはたま》きや、ほかにもいろいろ、彩りも鮮やかに、目でも楽しめるように工夫されている。

一番下の段はご飯もので、菜の花ごはんのおにぎりと茶巾寿司《ちゃきんずし》が、春を先取りしたような色合いで並んでいた。

「これを……わざわざ届けてくれたのか」

仕事を口実に避けていたので、忙しさを気遣ってくれたのかもしれない。

炊き合わせの蓮根を指でひとつ摘《つま》んで口に入れると、少々薄めだが、味がしみていておいしかった。

真冬でよかった。玄関に放置していても傷《いた》まずにすんだ。

「……悪いことをしたな」

知らなかったとはいえ、かなり冷たい対応をしてしまった。

礼も言わなかったことを思い出すと、柊吾は罪悪感にかられた。

料理に絆されたつもりはないが、さすがに大人げなかった自分を反省する。

久嗣翁に言われたから来たという点はやはりひっかかるが、だから感謝しなくていいというわけでもないだろう。

沸騰《ふっとう》しはじめたパスタ用の湯は中止し、柊吾は充電器にさしている携帯電話を取りに、書斎へと向かった。


数日後の週末。

約束の時間よりも早めにホテルの地下駐車場に到着した柊吾は、ジャケットをはおりながら車を降りた。

エレベーターで一階のロビーに上がり、庭園に面したカフェレストランに入る。

約束の相手を探して店内を見渡して、ふと目に入った姿に、柊吾はげんなりとした。

なぜか紫緒がいるのだ。今日は黄地に鞠《まり》や牡丹《ぼたん》の柄がちりばめられた振袖姿で、そこだけが一足早く来た春のように艶やかで、目立ちまくっている。

周囲の視線は気にならないのか、ガラス越しに冬の庭園を眺めながら、おっとりと紅茶を飲んでいた。

「……おいおい」

またかと思いつつ、声をかけるのをためらっていると、こちらに気づいた紫緒に、にっこりと笑いかけられる。

できることなら、気づかなかったことにして帰りたいが、訝《いぶか》しげな顔をした店のスタッフが、柊吾の傍らに控えている。柊吾は仕方なく、スタッフに案内は無用だと告げて、ひとりで紫緒のいるテーブルへ向かった。

「俺は爺さんに呼ばれたはずだが」

「わたしはお爺様の代理です」

向かいの席を勧められ、しぶしぶ座ると、紫緒は、ほっとしたような笑みを浮かべた。

「こんにちは、柊吾さん。今日は来てくださってありがとうございました」

紫緒は椅子《いす》に座ったまま、軽く会釈をする。

「これは、爺さんが仕組んだデートというわけか」

「はい。そのとおりです」

悪びれずに認められて、柊吾は頭を抱えた。

嫁に貰う話は断ったのだから、デートにつき合う義理はない。いますぐに席を立って帰ってもいいのだが、弁当をさし入れてもらったのに無下にした一件があるので、また同じようなことはできなかった。

コーヒーがきたところで、柊吾はあらためて切り出した。

「先日は悪かった。ろくに礼も言わずに帰してしまって」

「もう、気にしないでください。お電話でも謝っていただきましたし、突然お宅に伺ったわたしもいけなかったのですから。だから、おあいことということにしたでしょう」

重箱の中身を見たあと、柊吾は失礼な態度を詫《わ》びるために紫緒に電話をかけていた。けれど許されるどころか逆に謝られ、そうこうしているうちに、おあいこということでけりをつけたのだ。

「今日は、こうして柊吾さんとお会いできて嬉しいです」

頬を染めてはにかむ紫緒は可憐で、周囲のテーブルから、視線がいっせいに集まってくる。なかには見惚れている男もいるようで、たいした威力だと柊吾はおもしろくなった。

「そろそろ、食事の席を予約している時間です。ご一緒していただけますか?」

時計で時間を確かめた紫緒に問われて、柊吾はため息をついた。

仕方がないので、詫びの代わりに一度だけつき合ってやることにする。

「……行くか」

「はい」

身についた習性で、席を立つ紫緒にエスコートの手をさしのべると、紫緒も自然と応じてくれる。嫉妬《しっと》も交じった熱い視線は、カフェを出るまでずっとついてきた。

久嗣翁が予約を入れていたのは、このホテルの三十階にある和風創作料理店だった。

上がってエレベーターホールを出た先に、看板を置いた入り口がある。

「二条様、ようこそおいでくださいました。玖園様もお久し振りでございます」

柊吾も顔なじみのマネージャーに出迎えられ、専用の廊下を通ってたどりついたのは、大きな窓から一面に広がる景色を楽しめる個室だった。

紫緒も入るなり瞳を輝かせたが、窓辺に駆け寄ってはしゃぐことはなく、おとなしく席に座る。

ふたりは月替わりのミニ会席料理コースを選んだ。ランチだが、先付からラストの甘味までしっかりとボリュームがあって、十分に楽しめる。

紫緒は、箸遣《はしづか》いも食べ方も上品だった。

老人との暮らしなら、きっと食事は和食が中心だろう。こんなときくらい、若者が好むような料理が食べたかったのではないかと考えた柊吾は、とっさに余計な考えを打ち消した。

自分から次を思わせるような話をしてどうする。迂闊《うかつ》に食事に誘って親交を深めたら、久嗣翁の思うつぼだろう。

「柊吾さんは、洋食と和食でしたら、どちらがお好みですか？」

常に距離は保ったほうがいいと思うのだが、詫びも兼ねたランチで、いまさらそっけなくできるはずもなくて。

「どちらとも言えないが……洋食か中華を選ぶことが多いな」

柊吾は正直に答えた。それに、どうせなら食事は楽しいほうがいいと、言い訳みたいに自分を納得させる。

「そうですか、では先日のお弁当は物足りなかったのではないでしょうか」

「物足りない？」

「ええ。根をつめてお仕事をなさっていると伺ったものですから、なるべく栄養のあるものをと考えて作っていたら、つい和食に偏《かたよ》ってしまって」

「あの弁当は、きみが作ったのか？」

「はい。お料理は、まだまだ修業中なのですが」

柊吾は驚いた。味も彩りも工夫を凝《こ》らした見事な弁当だったから、てっきり久嗣翁お抱えの板前が作ったものだと思っていた。

「そうだったのか。いや、たいした腕前だ。ありがとう。あれから仕事がはかどった」

「あ……」

紫緒はやわらかそうな頬を赤らめると、にっこりと微笑んだ。

「お役にたてて嬉しいです。お仕事は、もうよろしいのですか？」

「ああ、ひと息ついたところだ」

勤め人ではないので、時間の都合はつけやすい。

「お訊ねしてもいいですか？」

「ん？」

「柊吾さんのお仕事って、どういったものなのですか？」

「爺さんから聞いてないのか？」

「はい。そのうち本人に教えてもらえと言われまして」

「おまえは……」

柊吾はまたしても呆れた。この温室育ちの少年は、相手の素性も知らないで嫁入りするつもりだったのか。

「それでよく、俺に三つ指ついて挨拶したな。見合いだって、相手の釣り書きを確かめるだろうが」

学歴や職業がすべてではないが、相手を見極める資料にはなる。

誰だって失敗したくない。損をしたくない。選んだ相手によって人生が左右されることもあるのだから、できることなら最高の条件を得たいと望むのが普通だろう。

「あの……わたしは、なにか間違えましたか？」

それなのに紫緒は、久嗣翁のお墨付《すみつ》きというだけで、なにも知らない男に人生を委ねられるのか。

「いや……」

よくぞここまで世間知らずに育てたものだと思う。こういう子が久嗣翁の好みなのだとしたら、あの翁も存外、夢見がちなのかもしれない。

「俺の仕事は物書きだ。小説を書いている」

「小説家さんですか」

「会社員を辞めて、専業作家になって三年目だな」

短くまとめた事実を、紫緒はそのまま受けとめて頷いている。

たぶん気づきもしないのだろう。柊吾が簡単に語った言葉が現実になるまで、どれだけの出来事があったのか。

二条グループの直系と幼なじみでいるだけあって、柊吾の生家、玖園家も相応の資産家だった。

戦後、小さな貿易会社から始まった成り上がりの家系だが、いまでは商社を中心にホテル業やアミューズメント産業など、幅広く展開した企業グループに成長している。

柊吾は、三年前までそのなかのアミューズメント会社の社長を務めていた。期待に応えられるだけの経営能力を持ち合わせていた柊吾は、この不況のおりにも業績を上げ続け、一族の稼ぎ頭として働いてきた。

これも家業だからと、現状を甘んじて受け入れていたのだが、同じような立場のくせに海外へ飛び出した親友を羨《うらや》ましく感じたからだろうか。息抜き、もしくは現状打破のために書いていた小説が、とある知人の協力で世に出ることになった。柊吾は文才にも恵まれていたらしく、何冊目かの恋愛小説が大ヒットし、映画化という運びになったのを機会に、すっぱりと会社を辞めたのだった。

親族からは非難され、哀願やら説得やら、懐柔、妥協案、恐喝と、あらゆる手段でとめられたが、柊吾の気が変わることはなかった。自分が大きくした会社は信用のおけるものに託せたので、心残りもない。

両親とは絶縁状態になったが、すでに親が言いなりにできる年齢ではないし、十分な個人資産も得ていたので生活に困ることもない。

そんな経緯もあって、ここ数年は二条家や久嗣翁のほうが身内のようなつき合いをしているのだった。

「その映画なら、わたしも知っています。柊吾さんが書かれたお話だったのですね。すごいです」

きらきらとした純な眼差《まなざ》しを向けられて、柊吾はがらにもなく照れくさくなる。

「たいしたことはない。名の知れたベストセラー作家に比べれば、まだまだだ」

「あの、お仕事が忙しくなったら、いつでも電話してください」

「え?」

「食事の支度が面倒なときには、すぐにお弁当をお届けします」

宅配サービスの宣伝文句みたいだが、紫緒の顔つきは真剣だ。

「……なぜ?」

どうしてそんな面倒なことを引き受ける気になったのかと訊ねると、紫緒は少し考え、はにかみながら答えた。

「お仕事の手伝いは無理ですが、お料理なら、柊吾さんのお役にたてるかもしれないと思いまして」

これが純粋に男として慕われての言葉なら、絆されたかもしれない。けれども紫緒のうしろには久嗣翁がついている。

優しい言葉を真に受けて、うっかり懐《ふところ》に入れてしまったら、もう引き返せなくなる。

遠まわしでは伝わらないようだから、柊吾はゆっくりと丁寧に語りかけた。

「なあ、紫緒。俺は爺さんの褒美は受け取らないと、すでに返事をしたはずだ。だから俺の役にたとうとか、無理をしなくていい。まだ爺さんが納得してなくて、きみをあおっているのなら、俺からあらためて話をするから、これからは自分のことを一番に考えろ」

「柊吾さん……」

戸惑うように瞳を揺らしながら、紫緒はぽつりと呟《つぶや》いた。

「……うまくいかないものですね」

「え？」

「男の方をつかまえたいなら、胃袋をつかめ。そう教わったので、お弁当作戦を実行してみたのですが……どこかで間違えたようですね」

そして、ふうっとため息をつく。

「作戦？」

「はい。柊吾さんには断られたお話ですが、わたしはまだ諦めていません。お爺様も、柊吾さんに気に入っていただけるように頑張れと応援してくださいましたし。だから、次の作戦を試してみることにします」

紫緒は柊吾の目をまっすぐに見ながら、ぐっと握り拳《こぶし》を作ってみせた。

「おまえ……」

「はい？」

「策を講じていると、自分からばらしてどうするんだ」

「あ……っ」

慌てて口を押さえるしぐさが可愛くて、柊吾はつい笑みを誘われた。

紫緒は、温室の中で守られ大切にされてきた、可憐な花だ。そのぶん純粋で素直で、まっすぐに育ったらしい。

深入りするのはよそうと、いまも思ったばかりなのに、紫緒がしかける次の作戦を見てみたい気持ちになる。それくらいならつき合ってやってもいいだろうと思えてしまう。

柊吾は自分の甘さを自覚しながら苦笑した。

まあ、いいだろう。その程度の余裕もない男のつもりもない。

「弁当、忙しいときはあてにさせてもらおうか」

「はい、喜んで」

紫緒は満面の笑顔を咲かせた。


『貰ってあげればいいじゃないか』

天彰にあっさりと言われて、柊吾は眉間《みけん》にしわを寄せた。

時刻は午前二時。電話の向こうは優雅なランチタイムだそうだが、こちらはパソコンに向かって新作の小説を執筆中だ。

「他人事だと思って、簡単に言うな」

『どうして？　可愛くて素直で従順で、そのうえ料理上手なんて言うことないじゃないか』

「そう思うなら、おまえが貰ってやれ」

『残念でした。選ばれたのは、俺じゃなくて柊吾だろ。おまえじゃなきゃダメだよ』

「……そう言われてもなあ」

『気にいらなければ、相手の存在ごとすっぱりと切り捨てるおまえが、紫緒のことはこうして気にかけてるんだ。そうまんざらでもないんだろう?』

優しい口調で指摘されて、返す言葉に詰まる。

確かに、紫緒はあれから二度ほど弁当を届けに来てくれていた。礼のつもりで言い添えた短い感想が、次の弁当に反映され、魚よりも肉が多めになった料理はどれも美味《うま》かった。

深入りしたくないと思うのに、どうにも無視できないのは、天彰が言うとおり、紫緒がいい子だからだ。

「……どうしてだろうな」

『ん?』

「どうして紫緒は、他人の思惑で人生が歪《ゆが》められているのに、笑っていられるんだろうな」

『そうだなあ……おまえは、それが嫌で自由になったんだものな』

そのとおりだ。玖園の家名も家業も、柊吾にとっては枷《かせ》でしかなかった。

やりたいことを選ぶ前に進むべき道を用意され、わき目もふらずに歩むことを強要された。そう生まれついた己の運命だと、一度は諦めたが、いつでも解き放たれることを望んでいた。

しがらみを捨てて、ようやく自由を手に入れたのだ。

紫緒を貰うことが、久嗣翁と、二条家との縁を深めるということであれば、なおさら受け取るわけにはいかない。やっと身軽になれたのに、また重い荷物を抱え込みたくはないのだ。

『俺はさ、柊吾にも、紫緒にも幸せになってほしいと思ってるよ』

「天彰……」

『だからさ、直接訊いてみなよ』

「え?」

『答えはたぶん、紫緒にしかわからないよ』

それこそ深入りだとわかっているから、柊吾は曖昧《あいまい》にしたまま、話題を変えた。

「そういやおまえ、帰って来るのか?」

天彰も、がらりと口調を変えて答える。

『ああ。一週間ほど帰国する予定だ』

「難儀なことだな」

『仕方がない。これも親孝行さ。しばらくは実家に拘束されるだろうけど、暇をみつけて飲みに行こう』

「わかった。楽しみにしている」

『仕事の邪魔をして悪かったたな』

「いつものことだ」

笑い声とともに通話は切れ、ランチタイムのくつろいだ雰囲気から、時間は現実に戻る。

深夜の書斎はとても静かで、程よく暖房がきいているはずなのに、どこか寒々しい。

専業作家になると決めてから、隠れ家を得るつもりで購入し、とうに住み慣れたマンションだ。いままで、寒々しいなどと感じたこともなかったのに。

「コーヒーでも淹《い》れるか」

気分転換のつもりで椅子から立ち上がると、柊吾はキッチンに向かいながら、思考を小説の内容へと戻した。

晴天続きで寒さがいくらか和《やわ》らいでいた週末の夕方。

老舗《しにせ》ホテルの大宴会場では、二条久嗣の米寿を祝うパーティーが盛大に執《と》り行われようとしていた。

柊吾は久しぶりの正装に堅苦しさを感じつつ、開宴時間より少し早めに地下一階の会場前に到着する。

玖園家の者と顔を合わせると面倒なので、あまり気が進まなかったのだが、久嗣翁から直接招待されたのでは欠席するわけにもいかない。

クロークにコートを預け、受付をすませて中へ入ると、生花で飾られた立食式の会場は、政財界から集まった多くの著名人であふれていた。

柊吾を知る者も多くて、うんざりする。

社長の肩書を持っていたころに取引していた会社関係者は、柊吾と目が合うなり、どう対応すればいいものか、あからさまに戸惑う顔をした。察するに、いまさら愛想よく持ち上げてもなんの利益にもつながらない相手だが、玖園の名を持つ以上は無視することもできないというところだろう。

なかには、まだなにかしら旨《うま》みがあるかもしれないと考える連中もいて、寄って来られると煩《わずら》わしい。

柊吾は会場の奥へと移動した。今夜の主役がつかまれば、挨拶をしてすぐに退散することができる。そう考えたのだが、久嗣翁はまだ会場内にはいないようで、代わりに孫を見つけた。

「天彰」

呼びかけると、イタリア製のスーツを洒落たふうに着こなした幼なじみが振り返った。

「柊吾。久しぶりだな」

なにかあれば電話で声を聞いているので、そう久しぶりという感じでもないが、顔を見るのは一年ぶりだ。

なぜか天彰は、からかうような笑みを浮かべた。

「逃げないで来たんだな。祖父さんが、柊吾は来ないかもしれないって言っていたけど」

「はあ？　絶対に来いと念を押したくせにか」

「柊吾は一番のお気に入りなんだよ」

「それはおまえだろ」

ドリンクを盆に載せたスタッフがやって来たので、乾杯用のグラスを受け取る。

「柊吾、ウーロン茶なのか？」

「車だからな」

「なんだ、いちおう来たけど長居をするつもりはないのか」

「そういうことだ」

「俺はこれから接待地獄だ。飲まなきゃやってられないよ」

天彰は受け取ったワインをさっそく飲みながら言った。

言うほど社交が苦手ではないくせに。

子供のころから久嗣翁に様々な場所に連れだされていた天彰は、こういう集まりでは、二条の直系として実にそつなくふるまう。

「飲みすぎるなよ」

「わかってる」

帰国するためにかなりハードな仕事をこなして時間を作ったと聞いているので、柊吾は幼なじみの体調を気遣った。

しばらくすると開宴の時間になり、上座に作られたステージの上に、司会進行を務めるテレビ局の有名なアナウンサーと久嗣翁が現れた。

マイクを渡された久嗣翁が、彼らしい皮肉のきいた挨拶を述べたあと、フランス料理のブッフェを楽しみながら歓談の時間になる。

「さあて、俺も自分の役目をはたしに行くか。またな、柊吾」

「ああ」

久嗣翁がステージに用意されていた椅子に座ると、その前には早くも人だかりができていた。多くの人間が、久嗣翁の持つ影響力にあやかろうと寄ってたかる。

遠くからでも挨拶をしてから帰ろうと、ステージのほうへ足を向けると、なぜか天彰が急ぎ足で戻ってきた。

「柊吾！」

来賓《らいひん》の相手をしに行ったはずなのにと不思議に思っていると、

「祖父さんがお呼びだ」

ステージのほうを目線でしめされる。

つられて見れば、久嗣翁は側近の手を借りてステージを降りるところだった。

「俺を？」

「いったん休憩にするから、相手をしろってことじゃないかな」

「……わかった」

帰りそびれてしまったが、仕方がない。柊吾は持っていたグラスを傍にあるテーブルに置くと、久嗣翁をめざして歩き出した。

杖《つえ》をついてはいるが、足取りはしっかりとしている久嗣翁に、広間の出入り口付近で追いつく。

「御前、お招きありがとうございます」

「おお、柊吾か。よいよい。祝いの言葉はもう聞き飽きた。それより、頼まれてくれんか」

「なんでしょう」

どうやら本当に用事があるらしく、久嗣翁は声をひそめて言った。

「紫緒の相手をしてやってくれんか」

「来ているのですか？」

ざっと見渡した会場内に、あの目立つ振袖姿は見つけられなかったが。

「控え室におるよ。先に行って、様子を見ておくれ。なんならそのまま連れて帰ってもかまわんからの」

意味深に言われ、冗談ではないと柊吾は口元を引き締めた。

「いえ、持ち帰りは遠慮しますよ」

そのまま久嗣翁を追い越して、会場前のロビーを横切る。エレベーターホールの横も通り過ぎ、その奥の小宴会場が並ぶ廊下へと進んだ。

上階の客室まで移動するのは面倒だからと、同じ階にある小宴会場を久嗣翁の控え室として使用するのはいつものことだ。

紫緒がいると教わった一番奥の部屋をノックしようとすると、室内からあまり穏やかではない男の声がもれ聞こえてきた。

部屋を間違えたかとも思ったが、もしものことを考え、ドアを薄く開けて覗《のぞ》いてみる。すると部屋の中ほどに、二十代前半くらいの若い男が、こちらに背を向けて立っていた。

紫緒はその奥にいる。背を向けた男が一方的になにかを言っているようで、紫緒は困ったような表情を浮かべていた。

「だからわざわざ頼んでるんだろ。なあ、ちょっと口をきいてくれりゃいいんだよ」

どうやら面倒なことになっているようだ。

柊吾は注意深く中を窺った。

「……ですが……」

「親父のコネが使えると思ってたのに、いまさら内定取れなかったって言われて困ってるんだよ。なあ、従兄弟《いとこ》だろ。爺さんに俺をたすけてくれるように頼んでくれよ。給料がよくて休みが多くて楽なのが理想だけど、まあ最初から無理は言わねえし。入ってしまえば自分でどうにかするからさ」

男は紫緒の従兄弟のようで、就職のことで助力を求めているらしい。しかも随分な戯言《たわごと》を吐いている。

この状況に割って入るのは簡単だが、紫緒はいったいどう対処するか確かめてみたくなった柊吾は、そのまま成り行きを見守ることにした。

「もちろん、うまくいったら礼をするぜ。いくらほしいか金額を言ってくれれば……」

「申し訳ありませんが、お引き取りください」

戯言は、紫緒の柔らかな声にきっぱりと遮られた。

「……なんだと？」

「お爺様は、それほど甘い方ではありません。わたしがお力になれる話ではないようですので、どうかお引き取りください」

つけいる隙のない返事に、猫なで声を出していた男の雰囲気が、攻撃的なものへと変わった。

「ずいぶんと冷たいじゃないか。おまえ……何様のつもりだ。俺が知らないとでも思ってんのか」

願いが叶《かな》わなければ脅《おど》しとは、つくづく程度の低い男だと呆れる。

そろそろ助けに入ったほうがいいだろうと判断し、ドアを大きく開けようとした柊吾の手は、続いた男の言葉に止められた。

「爺さんの養子だそうだが、本当はお稚児《ちご》さんなんだろ。ちょっと甘えりゃなんでもお願いを叶えてもらえるんだろーが」

ずっと冷静でいた紫緒の表情が、さっと強張《こわば》る。

「お爺様は、そんなことをなさる方ではありません」

そう言われたのは初めてではないのだろう。紫緒は否定したのにつらそうだった。

「いまさら隠すことないだろうが。みんな知ってることなんだからよ」

「……違います。わたしは……っ」

言葉が伝わらない相手にはなにを言っても無駄だと知っているのか、紫緒はとうとう男から目をそらした。

「親にはいい目を見せてやってるくせに、いまさらもったいぶってんじゃねえよ！」

下卑《げび》た物言いも声も態度も、なにもかもが癪《しゃく》に障《さわ》る。さすがに限界で、柊吾は黙って見守ることをやめた。

ドアを大きく開け、室内へと入りながら名前を呼ぶ。

「紫緒」

目が合った瞬間、紫緒は、ほんの少し複雑な表情を浮かべた。

「柊吾さん」

突然割り込んだ柊吾を、男が胡散臭《うさんくさ》そうに睨《にら》みつけてくる。

「なんだよおまえ」

柊吾は男を完全に無視した。

「紫緒、おいで」

手招くと、紫緒は素直に柊吾のほうへと小走りにやって来た。

「おい待てよ！　俺の話はまだ終わってねえぞ！」

逃がすものかとのびてきた男の手に捕まる前に、柊吾は紫緒を腕の中にさらった。

「終わっただろう。紫緒はおまえの頼みを断った」

「……んだよ！　関係ないやつが邪魔すんじゃねえっ」

「ならば俺が紫緒の代わりに、いまの話を久嗣翁に伝えてやろう」

声を低めてそう言うと、男は途端に顔色を変えて黙り込んだ。どうやら男は、目の前にいる柊吾を、敵にまわすとまずい相手だとようやく理解したらしい。

「いまからでもいいぞ」

「俺……は……」

「どうする？」

最初の勢いはどうしたのか、男はおびえたように柊吾たちから視線をそらして黙り込む。もう勝負はついていた。

「二度と紫緒に近づくな」

紫緒は、コネや助力がなければ就職もできないような若造に、どうにかできる相手ではない。

容赦《ようしゃ》なく言い捨てて、柊吾は紫緒の肩を抱いたまま控え室をあとにした。

「柊吾さん」

歩きながら見上げてくる紫緒の瞳が、どうして来てくれたのかと問うている。

「相手をするように頼まれた」

「お爺様に？」

「会場は騒がしいから、スカイラウンジで茶でも飲むか」

「はい」

大宴会場には向かわず、手前にあるエレベーターホールに入ったところで、唐突に紫緒の足がとまった。

ホールにはエレベーターの到着を待っているらしい中年の女性がひとりいて、紫緒の視線は彼女に向かっている。

「……おかあさん」

小さな呟きに柊吾は驚いた。

彼女にも聞こえたのか、なにげなくこちらを見て、そして驚いたように目を見開く。

そういえば、目のあたりが紫緒とよく似ていた。柔らかそうな髪を綺麗に結い上げ、花をかたどったきらびやかな髪飾りをつけているけれど、顔色があまりさえない。

彼女はなぜか戸惑うように顔をそむけた。

紫緒の肩も強張っていて、親子の再会にしてはみょうな雰囲気だ。

どう対応すべきか迷っていると、下降してきたエレベーターが軽やかな到着音を鳴らしながら扉が開いた。その中から、派手な模様の和服を着た中年女性を先頭に、よく似た顔立ちの三人連れが降りてくる。

和服の婦人が、紫緒の母親を目にとめて立ち止まった。

「あら、芙美子《ふみこ》さん。お久しぶりね」

「……ご無沙汰《ぶさた》しております」

芙美子は控えめに会釈を返す。

「今夜はおひとり？」

「はい。主人は海外に出張中で……」

「あらまあ、御前の祝い事にも駆けつけられないほどお忙しいなんて、この不況にたいしたものですわねえ」

「姉さん、こちらはなにかとやり手ですもの。羨ましいったら、ねえ」

「ほんとうに」

芙美子は微妙に顔をひきつらせながら、深々とお辞儀をした。

「……恐れ入ります」

「まあっ、姉さん！　あちらに紫緒さんが」

連れのひとりがようやく紫緒に気づき、姉さんと呼ばれた和服の婦人が、急に声のトーンを上げてこちらに近寄ってくる。

「紫緒さん！　まあ……大きくなられて」

あきらかに、芙美子に対するのとは態度が違う。

「おいくつになられたのかしら？」

「十八歳です、叔母様《おば》」

「御前のご機嫌はいかが？」

「どちらにおいでなの？」

「お連れの男性は、どちらさま？」

三人に囲まれ、次々に質問をされても、紫緒は嫌な顔もせずに答えた。

「こちらは玖園柊吾さんです。お爺様は、いまは控え室のほうに。今朝からご機嫌はいいようですよ」

「まあ、玖園家の方でしたの！」

婦人たちのなかで、柊吾の評価がぐっと上がったのがわかる。だが柊吾の詳しい事情までは知らないらしい。

「初めまして」

紫緒の立場を考え、にっこりと愛想笑いを向けてやると、いっせいに感嘆のため息をつかれた。

「紫緒さんは、玖園家の方とも親しくしていらっしゃるのね」

「御前のご寵愛《ちょうあい》も深くて、羨ましいわあ」

「やっぱり、持つべきものは見目のいい子供ですわ。ねえ、芙美子さん」

それは嫌味なのだろう。詳しい事情など知らない柊吾だが、こうもあからさまだと察しがつく。

「……そろそろ迎えが来ておりますので、これで失礼いたします」

芙美子は早口に言うと、顔を伏せたまま、足早にエレベーターホールを去ってしまった。

「芙美子さん、行っちゃったわ」

「紫緒さんに『元気でね』の一言くらいないのかしらねえ」

呆れたような夫人の言葉に、紫緒の肩がびくりと揺れる。

「ごめんなさいね、紫緒さん。私たち、お邪魔しちゃったかしら」

「……いいえ、叔母様。お気になさらず」

身体をずっと強張らせているのは、肩を抱いた手のひらから伝わってくる。けれど紫緒は優しい声を返した。

「あらあ、紫緒さんは本当にお優しいこと」

「御前がお傍から離さないはずよね」

「ほんとうにねえ」

口々に誉《ほ》めそやしているようでいて、その言葉の端々には悪意がすけて見える。

それなのに紫緒は、穏やかな笑みを絶やさない。

小さな肩が、急にとても頼りなく感じて、柊吾は紫緒の身体を強引にエレベーターの前へと押しやった。

「それでは、我々もこれで」

「もうお帰りになるの？」

「パーティーはまだ続いて……」

「ええ、失礼いたします。紫緒、行くぞ」

そして、ちょうどやってきたエレベーターに乗り込むと、地下二階にある駐車場まで降りた。

紫緒を助手席に乗せて、エンジンをかける。

車を発進させ、駐車場の出口から地上に上がったところで、紫緒はようやく、ほっとしたように肩の力を抜いた。

「……柊吾さん、どちらへ？」

「帰るんだよ。爺さんの許可は得ている」

「そうですか……。あ、コートを置いてきてしまいました」

「誰かに頼んでおいてやるよ」

柊吾もクロークに預けたままだが、天彰に話をとおして回収してもらえばいいだろう。

「寒くないか？」

「……はい。大丈夫です」

紫緒は答えると、ぼんやりと窓の外へ目をやる。

柊吾はせめてものつもりで、ヒーターを強くして車内を暖めた。

自分のマンションに帰って来た柊吾は、紫緒をリビングのソファに座らせた。

「コーヒーでいいか?」

訊ねると、紫緒は弾《はじ》かれたように顔を上げる。

「あ……はい、わたしが淹れます」

急にスイッチが入ったみたいに立ち上がろうとするのを、手で押しとどめた。

「俺が淹れる。いいから座っていろ」

「でも……」

客として、じっとしているのは落ち着かないらしい。

「すぐに戻るから、テーブルの上を適当に片づけておいてくれ」

雑誌や新聞が無造作に置いてあるのを指でしめすと、

「はい」

紫緒は心得たように頷いた。

柊吾はキッチンに向かい、コーヒーメーカーの用意をする。

ふたり分のコーヒーを落としている間、柊吾はずっと紫緒の様子を窺っていた。

紫緒は新聞やチラシをより分け、丁寧に重ねてテーブルの隅に寄せている。柊吾の思いつきを懸命にこなすその動きは健気で、表情も穏やかで落ち着いているが、どこか元気がなく、疲れているようにも見える。

だから、ついここへつれて帰ってしまった。

深入りはしないつもりだし、久嗣翁にも持ち帰りは遠慮すると宣言したのに。二条の屋敷ではなく、自分のマンションへと車を向けてしまった。

疲れていないわけがないだろう。

従兄弟に浴びせられた暴言。親類からの笑顔に秘めた悪意。そして母親からの、ぬくもりの欠片《かけら》もないそっけない態度。

おそらくは、どれも初めての事ではないのだろうと柊吾は察した。

柊吾とて、資産家の息子だから、恵まれているからと、理不尽な妬《ねた》みや悪意を向けられた経験は数えきれないほどある。いまでは黙殺することにも受け流すことにも慣れ、大人の対応をしながら相応の報復をする術《すべ》を覚えたけれど、不愉快さはいつまでたっても変わらない。

けれど紫緒は、ずっと笑顔を絶やさなかった。

柊吾は紫緒に対する認識をあらためた。

紫緒は、なにも考えていないから笑っていられるのではないのかもしれない。

落とし終わったコーヒーをマグカップに注いでリビングに戻る。

「熱いぞ」

「ありがとうございます」

マグカップを手渡し、柊吾は紫緒の隣に、少し間を開けて座った。

しばらく黙ってコーヒーを飲んでいるうちに、紫緒がぽつりと言った。

「柊吾さん、いろいろとお世話をかけてしまってすみません。それから、助けてくださってありがとうございました」

ぺこりと頭を下げるしぐさには、やはりいつもの元気がない。

「助けたってほどでもないだろう」

紫緒からふってきたので、柊吾はあえて話にのった。

「率直に訊くが、あの従兄弟みたいに、おまえに無理を言う奴はどれくらいいる」

隠さずに答えろと目線で問えば、紫緒は困ったように目をそらす。

「さすがに、お爺様がいらっしゃる屋敷ではめったなことはありませんし。大勢が集まるときは、奥にいるようにしていますので、それほどでは……」

「それほどではないのに、運悪く見つけられたわけか。控え室で大人しくしていたのに」

つまり久嗣翁の目が届かないところは、あまり安全ではないということだ。それは少ないとは言えないだろう。

「……親族の中で、わたしにはいろいろと……誤解があるようで……柊吾さんのお耳には入れたくなかったです」

紫緒は恥ずかしそうに俯《うつむ》いた。

それは従兄弟が言っていた、お稚児さん発言のことだろうか。柊吾が控え室に割って入ったとき、紫緒は複雑そうな顔をした。あれは柊吾が知ればどう思うか、気にしていたわけか。

「紫緒、顔を上げろ」

「……え？」

「誤解だというなら、まっすぐに顔を上げていろ」

顔を上げた紫緒の大きな瞳が、まっすぐに柊吾を見る。じっと瞬《まばた》きも忘れて、不思議そうに。

「あのなあ、金持ちシジイが見目のいい男の子を傍に侍《はべ》らせていたら、それくらいのことは言われて当然だ。だが、疚《やま》しいことがないのなら、毅然《きぜん》としていろ。言われて悔しいなら、余計にだ。はったりでもいいから、堂々とふるまえ」

「……柊吾さん」

「おまえは、まだ高校生だったな。登下校はどうしている」

ひとりになると面倒な輩が寄ってくるのなら、登下校時に待ち伏せされる危険がある。だが久嗣翁も抜かりはないようだ。

「車を使っています。お爺様が用意してくださいました」

聞けば、紫緒は柊吾も卒業したエスカレーター式の学校に通っているという。富裕層が多く集まっているだけあって、多少浮世離れしている生徒がいても、それほど問題にならない校風だった。

「まさかと思うが、制服は……」

「ブレザーですよ。常に女の子の格好をしていたのは、ほんの幼いころだけです」

「……だよな。すまない」

久嗣翁も酷《こく》なことをしたものだと思う。

愛らしい子供を、娘のように可愛がりたかった。ただそれだけだったとしても、気まぐ

れが起こした影響は大きい。

冷静になって、それでも傍に置きたいなら、息子として引き取るべきだったのだ。そうしたら紫緒は誰に侮《あなど》られることもなく、今夜のパーティーでも、天彰と肩を並べていられただろうに。

「あの爺さんに気にいられたのが、運命のツキということか」

紫緒も、自分も。そう言うと、紫緒は首を何度も横に振った。

「いいえ、お爺様には、とてもよくしていただいています」

面倒な立場に置かれ、家族と引き離されても、紫緒はそう言って笑う。きっといろいろな想いを飲み込んで。

与えられたもの。失ったもの。紫緒にとって、どちらのほうがどれだけ大きいのだろう。

「柊吾さん」

「ん?」

「お気遣いくださってありがとうございます。でも、わたしはもう大丈夫ですから」

そう言って、にっこりと笑っても、どこかさびしそうな気配は隠せていない。

このまま家に帰したら、紫緒はどうなるのだろうと柊吾は気になった。

もしかしたら、一人きりで泣くこともあるのかもしれないと思うと、なんだか放ってはおけない気持ちになってくる。

「紫緒、もう遅いから、今夜は泊まっていけ」

「……えっ?」

「明日は日曜だから、問題ないだろう」

柊吾はソファを立ってキャビネットに向かうと、バーボンの瓶を取り出して、一口飲んだ。

「それにこのとおり、俺は酒を飲んだので車で送ってやれない」

「いいえ、タクシーで帰れますから」

「おまえをタクシーで帰したら、俺が爺さんに叱《しか》られる」

柊吾は紫緒の反論を受けつけず、一気にまくしたてた。

「あいにく客用のベッドはないので俺のを貸してやる。寝室は一番奥の部屋。風呂に入りたければ、リビングを出て右に行った先の左のドア。トイレも同じだ。バスタオルもパジャマも好きに使え。足りないものがあるなら、マンションの地下道から二十四時間営業のスーパーへ行けるから、そこでなんでも買うといい」

上着の内ポケットから財布を取り出すと、紫緒に慌てて止められた。

「買い物は、たぶん必要ないです」

動揺しているらしく、さすがに笑顔が強張っている。

「遠慮はいらないぞ」

「大丈夫です。あの……柊吾さんは？」

「俺は、これから仕事。書斎にいるから、なにかあったら呼べ」

「柊吾さんがお仕事をなさるのに、わたしだけ先に眠るわけにはいきません」

「俺はいつも明け方まで起きているから気にしなくていい。書斎に仮眠用のベッドもあるから、気を遣わずに寝ろ」

柊吾は使い終えたマグカップをキッチンのシンクに下ろすと、ダメ出しをした。

「いいか、俺が次に書斎から出たときにベッドにいなかったら、そのときは容赦なくベッドに放り込むからな」

「は、はいっ」

紫緒は勢いよくソファから立ち上がる。

「お風呂、お借りします」

そして素直にバスルームへと向かった。

自分になにができるかはわからない。

受け止めてやる覚悟もないのに優しくしてやることが、紫緒にとっていいことなのかどうかも迷っている。

ただ、胸の痛みを隠して笑う子供を、どうしてもそのまま放りだすことができなかった。


書斎の椅子に身体を預けた柊吾は、携帯電話を操作して耳に当てた。

呼びだし音が途切れ、つながった途端に、笑いを含んだ声が聞こえてくる。

『どうした柊吾。お楽しみのところを邪魔しちゃ悪いと思って、こっちからかけるのは遠慮してたのに』

「バカを言うな。天彰、いまどこだ」

『ホテルの部屋だよ。家じゃのんびり休めないからね』

「頼みがあるんだが」

『わかってるよ。事情は耳に入ってる』

さすがに天彰は抜け目がない。ひょうひょうとしていながら、大事なところはしっかりと押さえている。

『あの男に二度目はないから、安心するようにと紫緒に伝えてくれ』

「わかった」

天彰か久嗣翁がなにか手を打ったのだろうが、柊吾はあえて訊ねなかった。はなから興味もないことだ。

「爺さんは、なにか言ってたか」

『言ってたよ。上機嫌でね、祝言の準備だってさ』

はははっと気楽に笑いとばされて、柊吾は苦い顔をした。

「祝言だと？　勘弁してくれ」

『あれ、そのつもりで連れて帰ったんじゃないのかい？』

「俺はただ……」

どういうつもりか、知りたいのは柊吾自身だった。

落ち着くまで傍についていてやりたかったからマンションに連れ帰ったが、初めから泊めるつもりではなかった。それなのに、紫緒はいまバスルームにいる。

「心境の変化があっただけだ」

『いいじゃないか、心境の変化。なにがあった？』

「誤解に気づいただけだ。なんでも言いなりの人形だと思っていたが、ただお気楽に笑っているだけではなかったんだな」

『……そう』

「紫緒の母親に会ったぞ。あれで親子か」

柊吾も親子関係は良好とは言い難いが、顔を見れば言葉くらいは交わす。

『親子だったのは、紫緒が養子に出されるまでだろうね』

「どういうことだ」

『紫緒の父親は、当時、別の企業の係長だった。祖父さんの計らいで二条の系列会社の社長におさまったんだ。だから息子を献上したおかげでのし上がったと言われている。いまでもね』

息子を手放したうしろめたさは、周囲から妬まれ続けるうちに形を変えた。妬まれる原因になるような息子を持ったことが、自分たちの不運なのだと。

できてしまった距離は元へは戻らず、紫緒と両親は、他人以上に遠くなってしまった。

「だから、息子にあの態度か」

『紫緒にはもう、帰れる家がないんだ』

「……そうか」

真実は言葉にされると重かった。

久嗣翁が嫁入り話として柊吾に押しつけてきたのは、そういう事情があったからなのかもしれない。

「明日には屋敷に送り届ける」

『おいおい。いまの話の流れでどうしてそうなる。そのまま傍においてやればいいじゃないか』

「それとこれとは話が別だ。なし崩しに爺さんの婿になってたまるか」

それに紫緒には、嫁入りや祝言よりも必要なことがあると思えるから。

『二条家の婿じゃ不満か。よくばりだな、おまえは』

「嫁も婿も、承諾するつもりはない。おまえも爺さんも、いいかげんに諦めてくれ」

『紫緒は……』

「え？」

『誰が諦めても、あの子は諦めないと思うよ。そういう意味では、手ごわい子だからね』

紫緒が手ごわいと聞いても、不思議と違和感を感じなかった。

あのおっとりとした微笑みの下に隠しているものを、少しずつ知ったからだろうか。

恵まれたようでいて過酷《かこく》な環境で育ってきた子だ。外見の印象どおりではないことも、もう知っている。

『なあ、柊吾。紫緒じゃ不満か？』

「……不満もなにも、男を嫁に貰えるか」

『じゃあ、もしも女の子だったら、とっくに貰ってた？』

問われて素直に首を傾げた柊吾は、とっさに考えを打ち消した。

「もしもはありえないだろう。それに紫緒には、ほかにもっと知らなければならないことがあるはずだ」

天彰にうまく導かれ、紫緒を受け入れるためにはなにが必要なのか、じっくりと考えるところだった。

『柊吾、おまえはやっぱりいい男だな』

「……天彰、わけがわからない」

『わからなくてもいいよ。まあ、せいぜい頑張りたまえ』

天彰はそれで気がすんだのか、おやすみと言うと、さっさと通話を切った。

仕事をしようとパソコンの電源を入れたものの、考え事をしているうちに二時間がたっていた。

柊吾は紫緒の様子を確認するために、書斎を出る。

先にリビングへ行ってみると、予想したとおり、ソファの上で丸くなって眠っている紫緒を見つけた。

黒いパジャマはサイズが大きすぎて、細い身体が布地の中で泳いでいる。

「……ベッドを使えと言っただろう」

そうは言ったものの、やはり遠慮をしたのだろう。暖房がきいているとはいえ、このままでは風邪をひいてしまいそうだ。

「紫緒」

声をかけてみるが、気疲れすることがあったせいか、紫緒は目を覚まさない。細い肩を揺すってもだめで、柊吾はため息をついた。

仕方がない。容赦なくベッドへ放り込むと言っておいたはずだ。

柊吾は、思ったよりもずっと軽い紫緒の身体を抱えて寝室へ移動し、自分のベッドへ降ろした。

「……深入りするまいと、思っていたんだがな」

毛布をかけてやりながら、柊吾は考える。

関わってしまったし、見過ごせなくなってしまった。

重い荷物を抱える覚悟はないけれど、自分にもできることはあるはずだ。


翌朝のダイニングテーブルの上に並んだのは、トーストとハムエッグと、インスタントのカップスープだった。

いくら紫緒が料理上手でも、食材が少なければ腕のふるいようがない。

朝というには、少々遅い時間。ふたりで朝食を食べたあと、柊吾はコーヒーのおかわりを淹れて、紫緒をソファに座らせた。

「提案があるんだが」

「はい」

「おまえ、卒業したら、ここへ越してくるか？」

「えっ⁉」

一晩考えてだした答えをきりだすと、紫緒は戸惑いながら、ほんの少し顔を赤くした。

「部屋は、本の置き場になっている部屋を片づければ使えるし、このとおり、広さを持て余しているくらいだ。二条の屋敷から離れて、新しい生活を始めてみないか」

「柊吾さん」

「内部進学でも、他の大学でも、興味のあることを学んで、進みたい将来を選べ。爺さんには、俺が話をつけてやるから」

「あの、そのお誘いは、お爺様が柊吾さんにせまったこととは別のお話なのでしょうか」

「そうだ。嫁だ婿だと縛らなくても、保護者にはなってやれる」

「保護者……」

呟きながら俯いた紫緒の反応はいまいちで、どう思ったのかつかみづらい。

柊吾は、ちゃんと伝わっているのか心配になった。

「もちろん、紫緒が望むのであればの話だ。どうしたいかは、自分で決めていい」

紫緒の人生だ。手を貸すことはできるけれど、選んで歩きだすのは本人自身でなくてはいけない。

「すぐには決められそうもないなら、屋敷に帰ってよく考えろ。爺さんに相談してもいい。ただし、決めるのは自分だ。爺さんの言うことに流されて、言いなりになるのだけはやめておけ」

そう言うと、紫緒は理解したように小さく頷いた。

「自分で……決めてもいいのですね」

「ああ。おまえがしたいように、願うようにな」

柊吾も頷き返してやる。すると紫緒は、あらたまったように背筋をのばして、ぺこりと頭を下げた。

「柊吾さんのお心遣いは大変ありがたいのですが、そのお誘いはお断りさせていただきます」

顔を上げた紫緒の、きっぱりとした迷いのない表情を見て、柊吾はようやく断られたのだと理解した。

自分で決めろと言っておきながら、断られるとは思っていなかったようで、それに気づいて二重にショックを受ける。

「……そうか。別に謝ることもないが、いちおう理由を教えてくれ」

「以前、わたしは諦めていませんと、お伝えしましたよね」

「は？」

「わたしは柊吾さんに、保護者になっていただきたいわけではありません。そういう意味なら、こちらにお世話になるつもりはないのです。でも、花嫁修業ということでしたら、喜んでお邪魔させていただきます」

そして紫緒は、にっこりと満面の笑みを浮かべた。

「……おまえ、まだそれを言うのか」

柊吾は深々とため息をつく。

「それがそもそもの間違いだろうが。俺は、家の言いなりに好きでもない男のところに嫁《とつ》ぐような嫁はいらないんだよ」

「好きですよ？」

「……は？」

「柊吾さんが好きです」

「おまえ……なにを……」

「柊吾さんが屋敷にいらっしゃったときは、いつも遠くからお姿を拝見していました」

「俺を知っていたのか？」

柊吾は驚いた。去年の暮れに、褒美として引き合わされた時が初対面だと思っていたのだが。

「はい。天彰さんの幼なじみだと、ご本人からもいろいろと教えていただきましたし」

「……天彰のやつ」

確かに天彰も紫緒のことを知っていると言ったが、それほど親しいふうではなかった。

「それに、柊吾さんはお忘れのようですが、一度だけ言葉を交わしたこともあるのです」

「俺と？」

「はい。わたしがもっと幼かったころのことですが」

柊吾は過去へと記憶を探ったが、それらしいことはなにも浮かんでこない。

「……悪い。まったく覚えてない」

「かまいませんよ。わたしが覚えていますから」

そして紫緒の表情は、とても優しいものだった。

「ですから嫁入りが決まったときに、わたしから柊吾さんの元へ嫁ぎたいとお願いしたのです」

「……どういうことだ」

「高校三年生になったころのことです。お爺様は、わたしの手を取って謝られました」

唐突に始まった話に、柊吾はとりあえず耳を傾けた。

「おまえがいくら可愛いかろうと、本当は男。いずれ成長期がきたら、背ものびるし身体もごつくなるし、声だって低くなるだろう。とても娘には見えなくなったら、息子として扱ってやろうと決めていたのに、気づけば、もう十八歳。さて、どうしたものか、と」

確かに紫緒は、成長期がきたのかも怪しいほど、柔らかくて愛らしい。

久嗣翁の気持ちは、わからなくもなかった。

「息子として正式に表へ出し、天彰さんとともに本家の一角を担《にな》わせることも考えられたようですが、どうも向いていないと判断されて……」

「そうだな。久嗣翁の助力を最大限に利用して、自分が二条家のトップを奪ってやる。それくらいの野心がないのなら、やめておいたほうがいい」

いまは久嗣翁が睨みをきかせているが、二条家には、性質《たち》の悪い妖怪みたいな人間が大勢いる。

「はい。それならば、雑多な思惑に利用されないよう、外へ出したほうがいい。嫁にやったということにすれば、まだお爺様の気まぐれだと話を丸く収められる。おまえを守り、可愛がってくれる相手をきっと選びだしてやるからと言われまして」

たんなる戯言だと思っていた嫁入り話は、久嗣翁なりに、紫緒の行く末を真剣に案じた

うえでのことだったのか。

「それなら柊吾さんのところへ行きたいですと、わたしからお願いしました。お爺様が候補の一番にあげていたのも柊吾さんだったそうで、あやつならば安心だと太鼓判を押してくださいました」

つまり久嗣翁も天彰も認めていて、柊吾だけが抗っていたというわけか。

「柊吾さんが好きです」

「あのなあ、紫緒……」

「ずっとお慕いしていました。お会いして、お話をして、以前よりももっと好きになりました」

紫緒の瞳が必死に言う。純粋だからこそ強くて、柊吾の抗いを封じ込めようとする。とうてい頷けない嫁入り話なのに、無視しきれなかったときから、こうなることは決まっていたのかもしれない。

「とりあえず、卒業したらここへ来い。名目は花嫁修業でもかまわないから」

「柊吾さん！」

「ただし、祝言は未定だ」

「どうして……」

好きだと言いながら、恋をどこまで理解しているのかわからないような子供に手など出せるか。

「修業がまだ足りないからだ。本気で嫁になりたいのなら、俺が求婚したくなるまで育ってみせろ」

不安そうな顔をしていた紫緒は、条件つきだが柊吾が受け入れたのだとわかると、花びらが開いたように、いきいきと笑った。

「はいっ。頑張ります！」

春は、すぐそこまで来ていた。

寿
ーことぶきー

早咲きの桜が見ごろを迎えたと、春めいたニュースが聞こえるようになった、三月のとある日。

柊吾《しゅうご》のマンションに紫緒《しお》が引っ越してきた。

今日の装いは、キャメル色のピーコートに同系色のセーターとスラックスを合わせ、手には旅行鞄をひとつ下げている。

同行してきた久嗣《ひさつぐ》翁の部下によって、玄関フロアに運び込まれたのは、数えるほどのダンボール箱。どれだけの大荷物がくるかと思いきや、それは拍子抜けするほどの少なさだった。

「荷物はこれだけか？」

引っ越しの業者を頼むとは聞いていなかったので確認すると、紫緒は朗《ほが》らかに笑いながら頷いた。

「はい。愛用の品だけ持ってきました。ほかに必要なものは、こちらで揃《そろ》えればいいと、お爺様もおっしゃいましたので」

相変わらず久嗣翁の言葉には従順なようで、柊吾は苦笑を誘われる。

それをどう受け止めたのか、紫緒は慌てたようにつけたした。

「やはり贅沢《ぜいたく》すぎるでしょうか。新しい生活を始めるのですから、そのほうがいいとわたしも思ったのですが……」

これから始まるのは、二条《にじょう》家という檻《おり》から解き放たれた、新しい生活。

本人は花嫁修業のつもりのようだが、ごく普通の少年らしい暮らしに戻って、いつかは自ら望んだ人生を、自由に歩いていけるようになればいい。かつて自分が玖園《くおん》家のしがらみから逃れ、いまの生活を手に入れたように。

紫緒は、ようやくそのための一歩を踏み出したところなのだった。

「そうだな。これからのおまえに必要なものは、ここで新しく揃えるといい」

頷いてやると、紫緒は、ほっと安心したように微笑んだ。

「はい。よろしくお願いいたします」

そして、ぺこりとお辞儀をする。

初めて会ったときにも、三つ指をついてそう言われた。あの時は、ただ可憐なだけの人形としか感じなかったのに。いまでは自分の懐に招き入れ、見守っていくつもりなのだから、絆されたものだ。

「こちらこそ。部屋はこっちだ」

柊吾は家の奥を親指でしめした。

高層タワーの二十三階。東南角部屋。３ＢＲの高級マンションだ。

「今朝届いた家具は適当に入れておいたから、部屋を見て、自分の好きなように配置し直すといい」

久嗣翁の部下は、ひとまずその場で待たせ、紫緒を伴って玄関フロアから左へ向かう廊下を進む。

突き当たりにあるドアを開けて室内に入るなり、紫緒は、ぱあっと瞳を輝かせた。

「明るいお部屋ですねえ」

二日前までは、本や資料が詰まったダンボール箱に占領されていた部屋だ。部屋を開けるために、書斎やリビングに書棚を増やして片づけたのだが、入りきらなかったぶんが、まだ柊吾の寝室の隅に積み上げられている。

正面が全面の掃き出し窓で、外は広いバルコニー。ドアの横には作りつけのクローゼットがあるので、ライティングデスクとベッドは右の壁際に。チェストは左の壁側に、とりあえず置いてあった。

「どうする?」

どの配置を変えたいか訊ねると、紫緒は柊吾を見上げてにっこりと笑った。

「このままで。どれも動かさなくて大丈夫です」

どうやら気に入ってもらえたようだ。

柊吾なりに使いやすさを考慮した配置だったので、悪い気はしなかった。

「そうか。問題がないなら、荷物を運ばせるぞ」

「では、わたしも……」

一緒に玄関へ戻った紫緒が、積まれたダンボール箱を抱えて持ち上げようとする。

けれど紫緒の細腕には少々荷が重そうで、

「おまえはこれでも運んでいろ」

柊吾は箱よりも軽そうな旅行鞄を手渡した。そして自分も荷物を抱え、久嗣翁の部下を促《うなが》して、部屋と玄関を何度か往復する。

すべてを運び終えると、紫緒は部下たちに労《ねぎら》いの言葉をかけて帰してしまった。

「もう帰したのか？」

「ええ」

部屋へ戻ると、さっそく箱を閉じているガムテープをはがし始める。

手伝うつもりで、柊吾は手近にあった箱を引き寄せた。

「これも、全部開けていいのか？」

「はい。あっ、でも、たいした量ではありませんから、あとはひとりでも大丈夫です。柊吾さんは、どうかお仕事をなさってください」

そして紫緒は申し訳なさそうな顔をした。

「昨夜もお爺様が遅くまで引きとめてしまいましたし、今朝も家具が届いたりして、ずっと慌ただしかったでしょう」

たしかに、ここ数日は部屋を開けるために片づけていたせいで、仕事が滞《とどこお》っていた。

そのうえ昨夜は、二条家で紫緒の卒業祝いの宴《うたげ》が催《もよお》されたのだ。

招待を受けた柊吾は、久々にネクタイをしめて正装し、祝いの花束と手土産《てみやげ》の焼菓子を持って参上した。

心づくしの料理が用意された席に揃ったのは、久嗣翁と紫緒と、柊吾の三人だけだった。

紫緒は久嗣翁がこの日のために誂《あつら》えたという、幡幕雲《はんばくも》取り花つくしを染刺繍《そめししゅう》した新しい振袖を着ていた。黒綸子地《くろりんずじ》が白い肌によく映え、いつもより少し大人っぽく見えたものだ。

振袖はこれで着納めかと、久嗣翁は目を細めて笑っていたが、隠せないさびしさのようなものを感じて。秘蔵の酒だ、将棋の相手だと引きとめられるまま、遅くまでつき合ってしまった。

今朝も家具を受け取るために、普段より早く起きたので、少々寝不足気味だった。

だが仕事の締め切りまではまだ余裕があるし、切羽《せっぱ》詰っているというほどでもない。

「ひとりで片づけられるのか?」

身の回りのことは他人まかせの環境で育ったはずなので、つい訊いてみると、

「片づけられますよ。よき嫁になれるよう、家事はひととおり教わりましたからね」

どこか得意げに胸をはられて、柊吾は笑みを誘われた。

それならば、自分が手を出せばかえって邪魔になるだろう。特に片づけが得意というわけでもないので。

「そうか。じゃあ、俺は書斎にいるから。なにかあれば遠慮せずに呼べ」

「はい。柊吾さん、手伝ってくださってありがとうございました」

行儀よく礼を言った紫緒の髪を撫《な》でて、柊吾は書斎として使っている左隣の部屋へ向かった。


デスクチェアに腰を下ろし、パソコンの電源を入れる。

画面に執筆途中の原稿を呼びだしながら、柊吾はデスクの引き出しを開けた。

今日のために用意していたものを取りだして、手の中で眺める。

「必要なものは、こちらで揃える……か」

そう言われて思い出したのは、少し前に交わした久嗣翁との会話だった。

それは今年の一月までさかのぼる。マンションに泊めた紫緒を、屋敷へ送り届けたときのことだ。

前日から考えていた件もあって、挨拶の名目で紫緒と座敷で待っていると、久嗣翁は珍しいほど上機嫌な様子で現れた。

『なんじゃ、もう帰って来たのか。そのまま居座るくらいの気概がなければ、この男はものにできんぞ、紫緒や』

『お爺様っ』

紫緒は恥ずかしそうに顔を赤らめる。

『御前、ご相談したいことがあります』

できれば紫緒を抜きにして話したいのだと匂《にお》わせると、その意は伝わったようで、久嗣翁は鷹揚《おうよう》に頷いた。

『紫緒、庭の寒紅梅が見ごろのようだから、いくつか切って活けてくれんか』

『中庭の梅でしょうか?』

『そうだ。上手に活けて、腕前を柊吾に披露してやるといい』

株を上げるよい機会だと重ねて言われて、紫緒は恥ずかしそうに頷いた。

『承知いたしました。それでは柊吾さん、またのちほど』

襖が閉まり、かすかな足音が遠ざかるのを待って、柊吾は切りだした。

『御前、謀《はか》りましたね』

『……なんのことかのう』

『とぼけないでください』

昨夜の出来事を、よく考えてみればわかる。

紫緒は、来客の誰もが容易に近づける控え室にひとりでいた。危険や面倒を回避するために護衛をつけ、上階に部屋を取るような配慮もされていなかった。

何事にも抜け目のない久嗣翁らしくない。

『俺にわざと目撃させたのでしょう』

紫緒が二条家のなかでどんな立場に置かれているのか。どんな問題を抱えているのかを教えるために。

母親と会ったのは偶然かもしれない。だが実際に見てしまったことで、柊吾の気持ちが動いたのは事実だ。

『あなたの思惑どおりになるのはおもしろくありませんが……春から紫緒を手元に引きとろうと思います。かまいませんね』

紫緒にも話したことを切りだすと、ずっと涼しい表情をしていた久嗣翁が、してやったりという顔で笑った。

『やっと祝言をあげる気になったか』

『そうではありません。あくまで保護者がわりですよ』

『保護者か。またそれは……』

『紫緒がいずれ、自分の力で歩けるようになるまで、手を貸してやるだけです』

夢や希望を持って選んだ生き方を、ひとりで歩きだせるまで。久嗣翁の娘ではなく、本来の姿に戻って暮らせる場所を作ってやろうと思う。

『ただ、対外的には嫁に出したということでよいかと』

『どういうことかの』

『二条家と距離を置く理由になります。紫緒は、御前の酔狂で男のもとへ嫁がされた娘。なんら利用価値はなく、影響力を持たない存在だと二条の方々が知れば、かなりの面倒は避けられます。それで今回の茶番劇の目的は、叶うのではないですか？』

経緯も思惑も紫緒から聞いたのだと言うと、久嗣翁は胸の前で腕を組み、深いため息を

ついた。

『……あれも、降りかかる火の粉を自分で払えるくらいなら、なにも心配はいらぬのだがのう』

それは可愛い子供の行く末を案じる親そのもので、柊吾は久嗣翁の意外な一面を見た気がした。

『わしの代わりに紫緒を守ってくれる男が、どうしても必要だったのだ』

『……どうして俺なのですか』

紫緒を託せる男として見込まれたのは光栄なことかもしれないが、受け入れるにはかなりの覚悟が必要だ。

『おまえは信頼できるよい男だ。それに、紫緒も望んでおったしの』

紫緒もそう言っていた。ずっと自分のことを見ていたと。けれどもそれは、憧《あこが》れのようなものだろう。いずれ現実を知れば、憧れから目を覚ますときがきっとくる。

まだ恋も知らない子供の『好き』など、信じてもあとで泣きを見るだけだ。

『まあ、預かると決めたからには、全力で守りますよ。それはお約束します』

そうしてもいいくらいには、紫緒のことを可愛いと思っているから。

久嗣翁は、保護者も婿もそう変わらないだろうと、おおざっぱなことを言ってはごねていたが、最後には柊吾の意思を尊重してくれた。

やり取りをぼんやりと思い返していると、パソコンが、メールが届いたことを知らせる着信音を鳴らす。

チェアの背もたれに預けていた身体を起こし、マウスを操作してメールを開いてみると、送信者はデビュー作から世話になっている出版社の担当だった。そろそろ新作の打ち合わせを始めたいので、予定を知らせてほしいと書いてある。

「新作か……」

この仕事を始めてから、幸いなことに執筆の依頼は途切れずに入ってきていた。

需要があるのは、本来書きたかったミステリーではなく恋愛小説ばかりだという現状に、なにも思わないと言えば嘘になる。いまの人気も、容姿や経歴を含めてのことだとよくわかっている。

だが認められ、求められるということは、なにかしら意味があるのだろう。そうであってほしいと思っているし、だから書き続けられるのだとも言える。

柊吾は卓上のカレンダーをしばらく眺めたあと、返信を打ち始めた。

いつの間にか書いている世界に没頭して、どれくらいの時間がたったのだろう。

書斎のドアが控えめにノックされて、柊吾は現実へと呼び戻された。

返事をすると、遠慮がちに開いたドアの隙間から、紫緒が顔をのぞかせる。

「柊吾さん、少しお邪魔してもかまいませんか？」

「ああ、どうした？」

「片づけが終わったので、これから夕食を作ろうと思うのですが、なにか食べたいものはありますか？」

いつの間にか紫緒は、動きやすそうな生成り色のパーカーとジーンズに着替えている。そうしていると、まだ高校に入ったくらいの年頃に見えた。

「部屋、もう片づいたのか」

「はい。なんとか」

「夕食か……」

柊吾はチェアから立ち上がると、用意していたものをひとまずポケットに入れて、紫緒に歩み寄った。

「今日は疲れただろう。デリバリーを頼むか、ひと休みしてから外へ食べに行くか」

コーヒーでも淹れようと、紫緒を促して廊下に出る。

書斎と紫緒の部屋の向かいは、ゲスト用のウォッシュルーム。廊下のつきあたりがキッチンへの入り口だった。

「わあっ、広いキッチンですねえ」

十二畳ほどの広さのアイランド型キッチン。

六人掛けのダイニングテーブルを置いているが、シンクに併設されたカウンターでも食事ができる。

南向きの窓の外は、キッチン専用の独立したバルコニー。ハーブのプランターでも置けば、もりもりとよく育ちそうだが、柊吾に家庭菜園の趣味はないため、せっかくの環境も宝の持ち腐れだった。

カウンターの端に置いてあったコーヒーメーカーの準備をしていると、紫緒が隣にやってくる。

「柊吾さん」

「なんだ?」

「よろしければ、これからキッチンのことは、わたしに任せていただけませんか?」

「キッチンを、紫緒に?」

「はい。嫁として、柊吾さんに栄養のある料理を食べていただけるように頑張りますので」

胸の前で、ぎゅっと握った拳が、紫緒の決意の強さを表していた。

花嫁修業の成果なのか、ずいぶんと古風な考え方だと思う。いまは共働きの家庭も多いので、必ずしも妻が家事をしなくてはならないという時代ではないのだが。

「立場に拘《かかわ》らず、家事は時間に余裕のある方がやればいいと俺は思うが」

そもそも家事をさせるために預かったのではない。紫緒は学生で、ほかに優先すべきことがある。

柊吾はそう考えるのだが、紫緒は納得がいかないようだった。

「……だめですか」

まるで可憐な花が萎《しお》れるように俯いて、残念そうなため息をつく。

「紫緒は、料理をするのが好きなのか?」

訊ねると、顔を上げた紫緒は、ぱあっと表情を明るくした。

「好きです。これから柊吾さんにどんなお料理を食べていただこうかと、考えるだけでわくわくします」

柊吾は納得した。あれだけ凝った弁当が作れるのは、やはり料理が好きだからなのか。ならば存分にやらせてやろう。

「そういうことなら、ここは紫緒に任せる。好きなように使え。収納の中身もレイアウトも、勝手に変えてかまわないぞ」

「そこまでしてかまわないのですか？」

「ああ。俺はキッチンに拘《こだわ》りはないし、よく使う人間に使い勝手がいいようにするのは当然だろう」

「ありがとうございます、柊吾さん！」

紫緒はぐるりとキッチンを見回すと、感慨《かんがい》深げにため息をついた。

「キッチンを任せていただけたということは、新妻へ一歩近づいたということですよね」

そう言った顔がとても嬉しそうで、柊吾はつい吹き出しそうになった。

それを本気で言っているのだから、困るやら可愛いやら。

「さあ……どうだろうな」

とりあえず柊吾は、紫緒に収納の中身や設備の使い方を簡単に説明しながら、ふたり分のコーヒーを淹れた。

「リビングに行こう。渡すものがある」

この家で一番広い、約三十五畳のリビングルームは、南側にはバーベキューもできるほど広くて開放的なバルコニーがあり、北側の両開きのドアを開けると、玄関フロアに出られる。

ちなみに柊吾の自室は、紫緒の部屋と書斎の前を通り過ぎた一番奥にある。専用のバスルームとウォークインクローゼットもあって、リビングの次に広い部屋だった。

作家に転身した直後に、家に籠りがちな暮らしでも苦にならないことを条件で選び、購入したマンションだった。

マグカップを持ったふたりは、革製のコーナーソファに、はす向かいに座る。

しばらくはコーヒーの香ばしい味を楽しみ、半分ほど飲んだところで、柊吾はポケットに入れていたものを取り出した。

「紫緒」

「はい」

「銀行のキャッシュカードを渡しておく。一定の金額が毎月振り込まれるから、自由に使え」

手を揃えて受け取ったそれを、紫緒はまじまじと眺めた。

「自由に……ですか？」

「ここから一番近いスーパーは、クレジットカードが使えない。現金が必要な店で買い物をするときは、そこから下ろして払うといい」

「スーパーで使うということは、これは生活費なのですね」

「まあ……それもあるか」

「わかりました。では、今日から家計簿をつけることにします。生活費のやりくりは任せてください」

紫緒は意気込みながら、ぐっと拳を握った。

そんなつもりではなかったのだが、これも社会勉強になるだろうと判断した柊吾は、好きにさせることにした。

「それには紫緒のこづかいも含まれているからな。うまくやりくりをすれば、それだけこづかいが増えるから、頑張ってみろ」

そう言って笑った柊吾だが、自身も富裕層の出身で、金銭感覚がかなりずれていることに気づいていない。紫緒が手にしているカードの口座には、一般家庭のひと月分の生活費より、一桁《けた》多い金額が振り込まれていた。

「柊吾さん、あの、わたしもこれを……」

紫緒もパーカーのポケットから取り出したものをテーブルに置き、柊吾の前へとすべらせる。

それは銀行の預金通帳だった。

「これは？」

「今朝、お爺様から渡されたものです。卒業祝いにやるから好きに使えと言われたのですが、これからは柊吾さんのお世話になるわけですから、特に使い道がありません。よければ生活費のたしにしてください」

「……なかを見てもいいか？」

「どうぞ」

了解を得てから柊吾は通帳を手に取り、ページをめくって眉をひそめた。普通口座の残高の欄《らん》には、都心の高級マンションが二つ三つは楽に買える金額が記されていたのだ。

久嗣翁は、これを卒業祝いだと言ったのか。

「爺さん……」

これだけあれば、そう贅沢をしなければ働かなくても暮らしていける。おそらくは爺自身になにかあっても紫緒が困ることのないようにという、久嗣翁なりの愛情なのだろう。

金額も問題だが、そんなものを生活費として受け取るわけにはいかなかった。

「これは、紫緒が自分で持っていろ」

「柊吾さん？」

「いつか使い道が見つかったときに、爺さんの気持ちだと思ってありがたく使ってやれ」

「でも……」

「それに、渡されても困る。俺はおまえの面倒をすべて見る覚悟で預かったんだ。爺さんがどうしてもと言うから、大学の学費は二条家がもつことになったが、それ以外は貰うつもりはないからな」

「柊吾さん……」

紫緒は、うっすらと頬を赤らめながら柊吾を見つめた。

紫緒は四月から、通っていた高校の付属大学へ通うことになっている。急遽《きゅうきょ》進学を希望したので学校側には驚かれたが、久嗣翁が有無を言わせずに話を通してしまった。

戻された通帳を、紫緒はしばらくの間、じっと見つめていたが、

「わかりました。それでは、これは大切にしまっておくことにします」

こくりと頷くと、大切そうにポケットに戻した。

「そうしろ。じゃあ、そろそろ行くか」

「はい。では着替えてきますね」

柊吾も自室へと戻りながら、紫緒をどの店に連れて行こうかと考えをめぐらせた。

ふたりはマンションの近くにあるイタリアンレストランで、家庭的な料理をゆっくりと食べてから帰宅した。

陽が暮れてすっかり暗くなると、バルコニーからの眺めは、ため息がでるほど美しい夜景へと変わる。

夜になるとまだ肌寒い季節だが、部屋のなかは快適な温度に保たれていた。

書斎に戻り、留守にしていた間に届いたメールを確認したりと、いくつか用事を片づけてからリビングに戻る。

テレビは賑《にぎ》やかなバラエティ番組を映しているのに、付近に紫緒の姿はなく、気配が静かだ。

不思議に思ってソファに近寄ってみると、背もたれに隠されて見えなかった位置に、紫緒が横たわっていた。身体を丸めるような姿勢で、寝息を立てている。

引っ越しが決まってから今日まで慌ただしかったのだろう。このまま寝かせておいてもかまわないが、毛布くらいはかけないと風邪をひきそうだ。

毛布を収納してある壁面のキャビネットへ足を向けたところで、紫緒が身じろぐ気配がした。目を覚ましたようだが、眠そうな表情でぼんやりとしている。

「起こしたか。悪い」

「……柊吾さん」

「今日は疲れただろう。もう部屋に戻って休め」

促すように、そっと肩を揺すってやる。

「柊吾さんは？」

「俺は仕事だ。寝るにはまだ早いからな」

そう言うと、紫緒はいきなり身体を起こし、きらりと瞳を輝かせた。

「お仕事でしたら、夜食を作ります」

「いや、それほど腹はへっていないから」

「それでしたら、夜食の時間までわたしも起きています」

「紫緒」

「柊吾さんの嫁として、お役にたちたいですからね」

にこっと笑いかけられ、柊吾もつられて微笑みそうになったが、最初が肝心だと厳しく顔をしかめた。

「気持ちはありがたいが、俺に合わせないで先に寝てくれ。何時までかかるかわからないし、夜食を食べる習慣もないんだ」

待たれていると思うと落ち着かないので強めに言うと、紫緒は納得がいかないのか、困ったような顔で首を傾げた。

「コーヒーのさしいれもダメですか？」

「コーヒーくらい、自分で淹れる」

「でも、遅くまでお仕事をなさる旦那様をお助けするのも嫁の役目です。もしも遠慮をなさっているのなら、そんなものは無用です。ご用があれば、なんなりとおっしゃってくださいね」

「嫁……ね」

それはあくまで紫緒の言い分なのだが、本当だとしたら、今夜は可愛い花嫁を家に迎えた最初の夜ということになる。紫緒なりに気負うところもあるのだろう。

「わかった。なにかあれば遠慮なく頼む。だが、先に休んでくれたほうが、俺も安心して仕事に集中できるから、そこは協力してくれ」

そのほうが助けになるのだと言われれば、紫緒も納得せざるを得ないらしい。

「……わかりました。では、わたしはお先に休ませていただきます」

紫緒は見るからに肩をおとして、自室へと戻って行った。

そんなにがっかりさせたのなら、明日の夜はコーヒーの作り置きくらい頼んでやろうかと思うほど、わかりやすい姿だった。


区切りのいいところまで仕事を進めた柊吾は、明け方ごろ、ようやく書斎から自室へと戻った。

バスタブに溜《た》めた湯に、香りのいいバスキューブを落として身体を沈めると、疲れた脳がじんわりと和らいでいく気がする。

そうしているうちに、ひたひたと睡魔が押し寄せてきて、ちょうどいいところで柊吾は湯から上がった。

よく眠れそうないい気分で、棚から取り出したバスローブをはおり、ウォッシュルームを出てウォークインクローゼットへと歩く。

その途中で、視界に入ったなにかに、ふっと眠気をかき消された。

間接照明が灯る部屋の中を振り返ると、驚いたことに、壁際にある柊吾のキングサイズのベッドの上で、紫緒がちょこんと正座している。それが眠るときの服装なのか、白い浴衣《ゆかた》姿だった。

「……紫緒？」

「お仕事、遅くまでお疲れ様でした」

「まさか、ずっと起きてたのか？」

「いいえ、ちゃんと休みました。でも……」

ほのかな明かりのなかでも、頬がふわりと赤くなったのがわかる。

「どうかしたのか？」

「きちんとご挨拶をしていなかったような気がして、落ち着かなくて……」

そうして紫緒は三つ指をつくと、深々と頭を下げた。

「今日からお世話になります。不束者ではございますが、末永く、よろしくお願いいたします」

こうも丁寧に挨拶をされると、さすがに無下にはできない。

柊吾はベッドの端に腰を下ろすと、紫緒の肩に手をそえて、顔を上げさせた。

「そう堅苦しく考えないで、楽に過ごせ。そのためにおまえを二条家から引き取ったのだからな」

「柊吾さん……」

「まだ早いから、部屋に戻って寝ろ。昼には起こしてやるから、それまでゆっくり休め」

髪をさらりと撫でてやってから、柊吾はパジャマに着替えるために立ち上がろうとした。

けれど、バスローブの袖をつかまれて、引き留められる。

「紫緒？」

「あの……」

「ん？」

「ここで一緒に眠ってはだめですか？　嫁としてお傍にいるのに、寝室は別なのでしょうか？」

見上げてくる紫緒の表情は真剣だった。紫緒は本気で、ここで嫁として暮らしていくつもりなのだ。

いったいどこまで理解して言っているのか怪しいが、その一途さには目を見張る。

対外的な理由はともかく、あくまでも保護者的な立場のつもりでいる柊吾とは、想いの温度が違っていた。

環境を変えることで、少しずつでも本来の紫緒に戻してやれたらと考えていたのが、そう簡単なものではないらしい。

しかも問題なのは、そんなふうに慕われて、悪い気はしていない自分だった。純粋な目でまっすぐに見つめられるうちに、気持ちがほだされ、うっかり気の迷いでも起こしかねない。

そうならないためにも、紫緒には少しばかり、危機感を覚えてもらったほうがいい。

「紫緒」

「はい？」

何事も最初が肝心だ。柊吾は素直な表情で見上げてくる紫緒の肩をつかむと、ベッドにころりと寝かせた。

自分も膝をついて乗り上げ、仰向《あおむ》けになった紫緒を見下ろす。

「ここで一緒に寝ると、どういうことになるのかわかってるか？」

「え…っ？」

頬を指先で撫でると、紫緒の微笑みが驚きに変わる。鼻先も寄せてくすぐると、びくっと肩をすくませた。

「……柊吾さん？」

少し驚かすだけだ。憧れのまま、柊吾を優しい男だと無邪気に慕ってくる子供に、そうではないのだと教えてやるだけだ。

「花嫁修業には、夜のおつとめも含まれているのか？」

紫緒は驚いた表情で強張っていたが、気丈にも答えた。

「し……柊吾さんがお望みでしたら」

「なんだ、おまえは俺の言いなりか」

頬から首筋へと、触れた紫緒の肌はさらさらと心地よくて、ただ撫でているだけでは物足りなくなってくる。

身体中、どこもかしこもこんなにすべすべで柔らかいのか、興味がわいた柊吾は、紫緒が着ている浴衣の裾を、ちらりとめくってみた。

少しも陽に焼けていない白い脚が、まばゆく目に映る。その太股《ふともも》に掌を這《は》わせた、そのとき、

「柊吾さんっ」

胸に手をついて押し返されて、柊吾は動きを止めた。

「紫緒？」

「……あのっ、夜……は……」

紫緒は胸の前で指をぎゅっと握りしめ、恥ずかしそうに顔をそらす。耳たぶまで真っ赤になっていた。

「そちらは、その……まだ修業不足なので、うまくできるかどうか……」

修業不足など、逃げ言葉だとわかっているし、柊吾もはなから追いつめるつもりはない。

「いたずらが過ぎたな」

柊吾はさっさとベッドを下りると、紫緒の身体を起こしてやった。

「……柊吾さん？」

「悪い、俺もそろそろ寝ないと限界だ。午後から出かける予定だから、紫緒も支度をしていてくれ」

「えっ、わたしもですか？」

「そうだ」

「どちらへ？」

「それはまた、午後にな」

突然態度を変えられ、戸惑っている紫緒の額に、小さな子供にしてやるような派手なキスをしてやる。

紫緒を部屋まで送り、

「おやすみ」

ついでに髪もくしゃくしゃと撫でて、ドアを閉めると、無意識にため息がこぼれた。

紫緒の肌はあまりにも触り心地がよくて、ついいたずらではすまなくなるところだった。

「……拒んでくれてよかった」

そう思うのに、紫緒に拒まれて、少なからずショックを感じている自分がいる。

紫緒は拒まないと、勝手に思い込んでいたのだろうか。素直で従順で、どこまでも自分を受け入れてくれるのだと。

それは自惚《うぬぼ》れが過ぎるというものだろう。

柊吾は自己嫌悪を感じて、前髪を荒っぽくかきあげた。

紫緒は大事な預かりものだ。遊びで手を出していい相手ではない。久嗣翁にも、大切にすると約束した。

思っていたよりも、この同居は覚悟が必要なのかもしれない。

気を引き締めてかからねばと、自室に戻りながら、柊吾はふたたびため息をこぼした。

それから陽が高く昇って、午後一時。

その男は、約束の時間ちょうどにやって来た。

「城田智明《しろたともあき》です」

装いは、濃茶のジャケットに、黒の薄手のセーターとカーゴパンツ。柊吾より十センチは高い身体つきは、がっしりと逞《たくま》しく、短く整えた髪型はさっぱりとした清潔感がある。武道の心得があるせいか姿勢や佇《たたず》まいが美しく、武骨な顔立ちも相まって、戦国時代の若武者のような雰囲気を持つ男だった。

「以後、お見知りおきください」

玄関で出迎えた紫緒に、すっと頭を下げて挨拶をする。

柊吾の客のはずなのにと、紫緒は戸惑ったような顔を柊吾に向けてきた。

「城田は、俺が転職するまで運転手を務めてくれていた男だ。今日からは、紫緒の専属になる」

「わたしの？」

「大学の登下校と、休日に外出する際は、必ず城田に同行を頼め。二条にいるときも、運転手つきの車は当たり前だっただろう」

「確かに、幼稚舎に通っている頃から、ずっとそうでしたが」

その二条家を出て新しい生活を始めたのにと、紫緒は怪訝《けげん》な様子だ。

「下手に隠すのもよくないか」

紫緒には、きちんと事情を話して協力を求めたほうがいいだろう。

柊吾はざっと説明した。

「城田は護衛も兼ねている。爺さんは紫緒を手放したと公言したが、誰がどんな思惑を持つかはまだわからない。当分の間は、周囲を警戒しておく必要がある。二条家の内外が落ち着いて、安全を確認するまでは、俺がそうしろと指示したことには従ってくれ」

「……つまり、城田さんは、柊吾さんがわたしの安全を考えて手配してくださった方なのですね」

「まあ、そういうことだ」

正確には、それだけではない。

柊吾は人の上に立つ側に生まれついたので、つい相手を言いなりに動かしたくなる。けれど紫緒にも同じことをしてはいけない。自分の言うことに従わせるだけでは、紫緒が偏ってしまいかねない。

だから城田に頼んだ。城田は紫緒の話し相手も兼ねている。もっと言えば、柊吾には話せないことも、城田になら話せるくらいの仲になってくれればいいと願っている。

そうやって紫緒が自分自身の中でうまくバランスを取りながら、これからの同居生活を楽しく過ごしてほしい。

「わかりました」

柊吾の話を聞いて納得してくれたのか、紫緒はにこやかに微笑んだ。

「城田さん、二条紫緒と申します。これからお世話になります」

「こちらこそ、よろしくお願いします」

城田は照れくさそうな顔で、あらためて挨拶をした。

「顔合わせはすんだことだし、細かいことはあとで相談するとして、そろそろ出かけるか」

「そういえば、昨夜もおっしゃっていましたね。どちらへ行くのですか?」

「紫緒の買い物に」

「……えっ？」

「必要なものは、ここで新しく揃えると言っていただろう。どこへでも連れて行ってやる」

「それは助かりますが……でも、お仕事はかまわないのですか？」

心配そうに訊ねる紫緒に、柊吾は苦笑を返す。

仕事は深夜にしているし、自営業なので、会社員よりは時間の都合がつけやすいだけだ。

「気遣いは無用だ。それとも、行きたいところはないのか？」

「いいえ、そうですね……」

紫緒は首を傾げて考え、思いついたのか、ぱっと瞳を輝かせた。

「どこでもかまわないのでしたら、ホームセンターに行ってみたいです」

紫緒は、昨夜見たというテレビ番組について話し始めた。芸能人が数人ずつのチームにわかれ、ホームセンターでほしい商品を選び、それが魅力的だと判断されたチームには、選んだ商品を番組からプレゼントされるというものだったそうだ。

そのなかで紹介された、キッチンで使う便利グッズに、ひどく心を揺さぶられたらしい。

「とても便利な商品だったので、ぜひ使ってみたいのです」

「……城田、わかるか？」

「はい」

「それなら行くぞ」

手早く支度を整えて、三人は揃ってマンションの地下駐車場に降りた。

柊吾が借りている駐車スペースには、紫緒も乗ったことがある、イタリア産の高級外車がとまっている。その隣は、黒塗りの頑丈そうなベンツだ。

城田がカギを開けたのは、ベンツのほうだった。

「こっちが紫緒の車だ。今回は急いだので俺が選んだが、買い替えるときは、紫緒が好きな車を選ぶといい」

「もしかして、わざわざ買ってくださったのですか?」

「必要なものだからな」

柊吾の車は、運転手が送り迎えをするのには向いていない。

「ありがとうございます」

「どういたしまして。さあ、行くぞ」

柊吾と紫緒は後部座席に乗り込み、城田の丁寧な運転で、車は郊外のショッピングモールへと向かった。

そこは番組がロケーションに使用したホームセンターを併設していて、平日だというのに、多くの買い物客で賑わっていた。

紫緒の憧れのホームセンターに到着した一行は、城田の先導で、広い店内に足を踏み入れる。

迷うこともなく店内を進む城田のあとを、物珍しい気分でついて歩くと、

「このあたりですね」

キッチン関連の商品が集められたエリアにたどりついた。その一画に、調理に使う便利なグッズが多数取り揃えられている。

ホームセンターは初体験の紫緒は、いろいろな商品に目移りをしていた。はしゃぎそうになるのを、必死に我慢しているようだ。

「紫緒。ゆっくり選んでかまわないぞ」

「はい」

紫緒は満面の笑みを浮かべ、さっそく棚の端から順番に商品を見ていく。

「購入を決めた物は、こちらのカゴに入れてください」

城田がどこからかショッピングカートを引いてきて、紫緒のうしろに控える。

通りがかった店員をつかまえ、城田も交じってあれこれと質問をしている紫緒の表情は、いつになく真剣そのものだ。

その様子を、少し離れたところから見ていた柊吾は、なんとも不思議な気分を味わっていた。

女性の買い物につき合わされ、ドレスの色が決まるまで延々と待たされた、あのときの手もち無沙汰でうんざりとした感覚を、いまは特に感じない。それどころか、商品を手にじっくりと考えている紫緒を見ているのは、なかなか楽しい。満足するまでつき合ってやろうとさえ思える。

主婦が発明したのだというアイデア商品の説明に瞳を輝かせる紫緒の興味は、どこまでも尽きない。来店してかなりの時間がたったが、まだまだ満足するまではいかないようで、そのうちに柊吾は限界を迎えてしまった。

「うーん……どうしようかな」

「そんなに迷うなら、両方とも買え」

過去に何度も女性相手に放った言葉を、とうとう言ってしまう。だが込められた意味は、かなり違っていた。

両方とも買っていいから、さっさと終わらせてくれではなく、

「両方とも使ってみればいいだろう」

あくまでも好意的な意味だ。

「気になったものは、片っ端からカゴに入れていけば……」

それを紫緒が、きゅっと眉をひそめて遮る。

「だめですよ、柊吾さん。ちゃんと家計のやりくりをしないと」

「やりくりの意味が違うだろう」

「紫緒さん、今日はこのくらいにしておきましょう。また来られますし」

「……そうですね」

城田の助言もあって、紫緒は悩んでいた商品をカゴに入れ、揃ってレジに向かった。

「俺が支払ってきます」

カートを押して列に並んだ城田に言われ、柊吾は上着のポケットから財布を取りだす。

「……ここは現金払いか？」

「支払いなら、生活費を下ろしますから」

紫緒も斜め掛けにしていたカバンから、柊吾が渡したキャッシュカードを取りだす。

「俺が立て替えておきます。あとで請求しますから、おふたりはあちらで待っていてください」

出入り口付近にある商品でもひやかしていろと言われて、

「すまん」

「よろしくお願いします」

資産家のお坊ちゃん育ちのふたりは、すごすごとレジから離れた。


買った荷物を車に置いて、三人はショッピングモールへ移動した。

夕食の材料も買いたいと紫緒が言うので、食品売り場へ行く前に、ひとまず休憩をはさむことにする。

テイクアウトでも人気のコーヒーショップは、夕方の時間帯のせいか、若者の客が多かった。

注文した品をカウンターで受け取り、ちょうどあいた窓際のテーブル席に落ち着く。

紫緒はこの店に来たのも初めてだそうで、キャラメル風味の温かいコーヒーを一口飲むと、気に入ったのか、にっこりと微笑んだ。

「紫緒」

「はい？」

「これから同居をするにあたって、決めておきたいことがあるんだが」

あまり深刻に受け止めないように、あえてこんな場所で話を持ちかけてみたのだが、紫緒は、すっと姿勢を正し、真剣な雰囲気へと態度をあらためた。

「わたしは、柊吾さんがお決めになることに従います」

迷いのない口調で答える。

「そういうのは、なしにしよう」

「え？」

「紫緒は、なんでも俺に合わせようとせず、自分のペースで生活してくれ」

「自分のペース……ですか？」

「俺の生活は、基本的に夜型で不規則だ。学生の紫緒とずれていることも多い。だから食事も風呂も睡眠も、俺を基準にしないで、自分の都合を優先してくれ」

「それは、食事をご一緒できないということでしょうか？」

料理をするのが大好きで、今夜からなにを作ろうか楽しみにしていたのに、がっかりだという顔をする。

「……夕食は、なるべく一緒に食べるようにする」

そう言うと、紫緒は少しほっとしたようだった。

「朝食は難しいですか？」

「俺は、朝はほとんど食べない。起きるのが遅いからな」

柊吾はいつも明け方まで仕事をするので、起きるのはたいてい昼近くになる。

「そうですか……」

「それから、週に二回、ハウスキーピングを頼んでいるから、掃除も特に必要ない」

二条の屋敷でも、身の回りのすべてに他人の手が入っていたはずなので、特に抵抗はないだろう。

「あの……」

「なんだ？」

「自分と柊吾さんのお部屋だけでも、お掃除させていただけないでしょうか？」

「食事の支度に掃除か。大学に通いながら家事をこなすのは大変だぞ」

学生は勉強を優先するべきだと柊吾は思っている。もちろんそれだけでもいけないが。

「大変かもしれませんが、でも、いまはできるだけやってみたいと思うのです」

紫緒が前向きな気持ちで願うことなら、無下に否定することもないだろう。

「……わかった。紫緒にできる範囲でやってみろ。ただし、無理をしていると俺が判断したら、やめさせるからな」

「はい、ありがとうございます！」

「掃除を頼んで礼を言われるのも変な話だな。家事をさせるために引き取ったわけではないんだぞ」

「いいえ、すべてが花嫁修業ですから」

そう言って紫緒は、はにかむように笑う。

「城田さんも、よろしければ、お夕食を食べていってください」

「ありがとうございます。でも、家で妻が待っていますので」

「ご結婚されていたのですか」

「はい」

城田は薬指に指輪をしていないので、わからなかった。

「城田の嫁は、俺の従姉妹《いとこ》だ」

「柊吾さんの？　それでしたら……」

「ああ。玖園家のお嬢様だったが、なんというか、たくましい女でな」

「たくましい……？」

「いきなりパティシエールになると言いだして、ひとりでフランスに渡るような女だ」

城田の妻の奏子《かなこ》は、二十歳《はたち》のときに大学をやめて、単身フランスに渡った。欧州の各地を転々としながら五年間修業したあと、日本に帰国してさらに腕に磨きをかけ、三年前に自分の店をオープンしたのだ。

彼女が作るスイーツは、ファンの間では、食べる芸術品だと言われている。

柊吾が紫緒の卒業祝いに土産として持参した焼き菓子も、奏子の店の品だった。

「玖園の人間で、いまだに連絡を取り合っているのは奏子だけだな」

「彼女も、玖園から出たつもりでいますから」

「またおまえには世話をかける。奏子に謝っておいてくれ」

「彼女なら心配はいりません。理解してくれていますから、大丈夫ですよ」

そう言って、城田はとても柔らかい表情で微笑んだ。

城田が柊吾の運転手を務めていたのは、転職する前の三年間だけだが、当時からなにかと役にたつ男だった。柊吾が小説家になったあと、城田も運転手を辞めて別の仕事についていたが、その間もつかず離れずの関係が続き、いまでは友人のような存在に落ち着いている。

柊吾が本音をこぼすことのできる、数少ない相手のうちのひとりだった。

「奥さまは、とても素敵な方なのですね。城田さんのお顔を拝見していたらわかります」

「顔、ですか？」

「はい。とても優しいお顔をなさっていますから」

紫緒こそ無垢《むく》で優しい顔で言うから、城田は珍しく顔を赤くした。

「紫緒さんも、よければ店に遊びに来てください。妻も喜びます」

「ぜひ！　かまいませんか？　柊吾さん」

「ああ。ケーキでもクッキーでも、好きなだけ食べさせてもらえ」

「楽しみです」

嬉しそうな紫緒と城田の顔合わせは、うまくいったようだった。


紫緒の大学生活が始まって、ひと月が過ぎた。

日々はそれなりに、穏やかに流れている。

柊吾が危惧《きぐ》していた、紫緒を狙う不審な動きは周辺に見当たらず、久嗣翁からも、特に重要な知らせはない。

利用価値がなくなったと判断されたのか、久嗣翁の睨みがきいているのか。どちらにしろ、静かな暮らしを邪魔されずにすむのはよいことだった。

普段よりも早い時間にベッドを下りた柊吾は、熱いシャワーを浴びながら眠気を飛ばした。

濡《ぬ》れた髪をバスタオルで拭《ぬぐ》い、ジーンズと黒のパーカーに着替えてリビングに行く。

紫緒はキッチンにいた。ボールペンを手に、壁面のストッカーの中を覗き込んでは、なにやらメモをとっている。

「おはよう」

声をかけると、紫緒は振り向くなり、ほんのりと頬を赤くした。

「おはようございます」

「どうかしたか？」

「いえ、あの……柊吾さんが、お風呂上がりなので、なんだか……」

「シャワーを浴びたばかりだが、どこかおかしいか？」

「なんでもないですっ。それより、なにか召しあがりますか？」

紫緒は持っていたメモをカウンターに置いて、調理台の前に立つ。

「いや、食事よりコーヒーを貰えるか」

「はい。起き抜けの一杯は濃いめに、でしたね」

「ああ、頼む」

柊吾はカウンターの椅子に腰をかけた。

コーヒーを待っている間に、今朝の新聞が手渡される。

箱入り息子だったわりに、紫緒はよく気がきくし、かいがいしく働いてくれている。本当に嫁を貰ったのだと錯覚しそうなほど、マンションの中は快適に機能していた。

カウンターの端にいつの間にか置かれた、可愛らしいミントの鉢も、柊吾がひとりのときにはなかったものだ。

「今日は、珍しく早起きですね」

「ああ。紫緒は、休みなのか？」

「日曜日ですから。柊吾さん、ちゃんと曜日の感覚がありますか？」

「いや……」

「だめですよ、曜日がわからなくなるほど根をつめられては。たまにはのんびりと、息抜きをなさってください」

引っ越しのあとから仕事が立て込んで、五月の連休も、ほとんど書斎に籠っていた。それもようやく片づいたところだ。

紫緒の言うとおり、息抜きでもするか。

「紫緒、これからなにか予定があるか？」

「午後から食材の買い出しに、スーパーへ行くつもりですが、なにか欲しいものはありますか？」

それで買うものを書きだしていたのだ。置いていたメモを手に取って見ると、牛乳やトマトの缶詰、パスタなど食材の名前が、綺麗な字で並んでいる。

「買い出しもいいが、暇なら一緒に映画でも観に行くか？」

コーヒーをそそいだマグカップを柊吾の前に置いた紫緒は、ぱあっと瞳を輝かせた。

「映画ですか」

「だが、のんびりしろと言われたばかりだしな。どうするか」

「それは、あの……」

一緒に出かけたいが、体調も心配というところだろう。ほんの少しからかっただけなのに、いちいち本気で返してくれるから、紫緒は相手をしていてあきない。

「冗談だ。ちゃんと寝たから大丈夫だ。連休は仕事でどこにも連れて行ってやれなかったからな。今日は一日、紫緒につき合ってやる」

「柊吾さんっ！」

感激した紫緒は、ぱあっと花が咲き乱れるように顔をほころばせた。

こんなに嬉しそうな顔をされたら、多少の無理くらいしてやろうという気になる。

「どこへ行きたい？　映画じゃなくても、どこでもかまわないぞ」

「いいのですか⁉」

「ああ。車で日帰りできる範囲なら」

「それでしたら、自然公園に行きたいです。ちょうど藤の花が見ごろだそうで、都合がつけば、城田さんに連れて行ってもらう約束だったのですが……」

「城田に？」

ふたりで遠出をするほど、仲よくなっていたとは知らなかった。よき相談相手になってくれるように頼んだのは自分なのに、なぜか気分がもやもやする。

「……城田と約束しているなら、別の場所にするか」

「でもお忙しいようですし。せっかくお天気もいいので、柊吾さんと公園を散策したいです。動物と触れあえる広場もあるそうですよ」

それはたぶん、子供向けに小動物を開放しているイベントだろう。大学生がときめくような催しでもないのだが、紫緒は心惹《こころひ》かれるらしい。

さっきまで、もやもやと嫌な気分だったのに、柊吾はおかしくなって、つい吹き出していた。

「おまえ、ウサギに触りたいのか？」

「はい。ふわふわしていて柔らかそうで、とても可愛らしいですから。あの……柊吾さん、どうして笑っていらっしゃるのですか？」

そう言う紫緒のほうが、柊吾にはよっぽど可愛らしく見えた。

「いや。行ってみるか、自然公園」

「はい。昼食にお弁当を作りましょうか」

「それはまたの機会にしよう。いまから出ても、昼時までには到着できない。城田も誘って、また行くときにすればいい」

「そうですね。せっかくお弁当を持っていくのでしたら、お料理もいろいろと工夫したいですから」

とりあえず出かける準備をしようと立ち上がったところで、インターホンが来客を告げた。

「お客様でしょうか」

「そんな予定はないが」

柊吾は不審に思いながら、リビングにあるモニターのチェックをした。画面に映った人物を確認したとたん、がっくりと表情が歪む。

「……約束は来週でしたよね、麻見《あさみ》さん」

通話のボタンを押して話しかけると、モニターの人物は悪びれもせずに、いまから訪問すると返してきた。

柊吾は仕方なく、エントランスのロックを解除する。

「柊吾さん？」

「悪いな。すぐに帰すから」

玄関フロアで待ち構え、訪問の口実に持ってきたものを受け取って帰そうと思ったのだが、

「休みの日に申し訳ない。きちんと挨拶をしておきたくて」

やって来た男は、持っていた紙袋の大きいほうを柊吾に押しつけると、さっさとリビングにあがりこんだ。

口で言うほど申し訳ないと思っていないのは、長年のつき合いでわかっている。

気をきかせた紫緒が、来客用のカップを載せたトレイを運んできた。

「きみが紫緒くんか。初めまして」

小さい紙袋をひとまずテーブルに置き、懐から名刺入れを取りだして、一枚差しだす。

紫緒はトレイをテーブルに置くと、それを両手で受け取った。

「……大海書房《たいかいしょぼう》の麻見さん、ですか」

名刺には、紫緒もよく知っている出版社と文芸雑誌の名前が印刷されていた。

「麻見敬一郎《けいいちろう》です。玖園先生の担当をさせていただいております」

シンプルなグレイのスーツに、春らしい萌葱《もえぎ》色のネクタイ。少し長めの髪は、会社員らしく額を出して後ろへ流し、きっちりと整えられている。

切れ長の瞳に、銀色のナイロールフレームの眼鏡をかけ、やや神経質そうではあるが、できる男のオーラを全身に漂わせていた。

紫緒が自己紹介をする前に、柊吾はふたりの間に割り込んだ。

「麻見さんは、大学の先輩だ。俺が転職する原因を作った人でもある」

柊吾の小説を世に出す手助けをした、一番つき合いの長い担当編集者だ。

悪人ではないのだが、他人をからかって楽しむ悪い癖《くせ》がある。あまり弱みを握られたくないと思わせる、性質《たち》の悪い男だった。

どうせ紫緒の存在を耳に入れて、おもしろがりに来たのだろう。

「柊吾さんの恩人なのですね」

そんな麻見の内面を知らない紫緒は、説明を素直に受け止めたらしく、おっとりと笑いながら答えた。

「そんないいものではない」

柊吾は麻見に向き直ると、突然やって来られて迷惑な気分を隠さずに訊ねた。

「天彰《たかあき》から、なにか聞きましたか」

「ネタを拾ったのは別のルートだよ。二条に裏は取ったがね。まさか玖園が男の子を嫁に貰うとは思わなかったな」

「麻見さん」

「わかってるよ。訳ありなんだろ。紫緒さん、これ、よければおふたりで召し上がってください」

麻見は紫緒に愛想よく笑いかけると、持ってきた紙袋を差しだした。表には有名なパティスリーのロゴが入っている。

「ありがとうございます」

受け取った紫緒は甘いものが好物なので、上品な仕草で礼を言いながら、瞳は嬉しそうに輝いていた。

勧めてもいないのにソファに座り、コーヒーを飲み始める麻見のペースに乗せられないよう、柊吾は立ったままで訊ねる。

「それで、今日は紫緒に挨拶をするためだけに、わざわざいらしたのですか」

「それもあるが、半分は仕事ですよ、玖園先生。珍しく締め切りを延ばされたと聞いたので、一度様子を窺っておかなければと思いまして」

とにかく座るように促されて、柊吾は仕方なく、紫緒とともに麻見の向かいに腰を下ろした。

たしかに紫緒の引っ越し前後は仕事にならなかったが、締め切りを延ばしてもらったのは、執筆そのものに手こずったせいだ。

同居人が増えて環境も生活も変わったが、その影響はほとんどない。むしろ紫緒は仕事の邪魔をしないように、過剰なほど気遣ってくれている。

「それはご心配をおかけしました。たしかに春先は身辺が慌ただしかったのですが、いまは落ち着いていますので。次作はご迷惑をおかけしないよう、進めさせていただきます」

わざと慇懃《いんぎん》無礼《ぶれい》に返すと、麻見は人の悪い顔で同じように返してきた。

「それはひと安心です。次回作も期待していますよ」

「ありがとうございます。それで、あいにくですが、今日はこれから予定がありまして。打ち合わせは後日にしていただけるとありがたいのですか」

少なからず事情を知られているとはいえ、あまり紫緒と接触させたくない。

挨拶したのだから、もう用は終わっただろうと匂わせたとき、どこからか柊吾の携帯電話の着信音が聞こえてきた。どうやらキッチンで鳴っているようで、シャワーを浴びたあと持ち歩いていたのを思い出す。

着信音はいったん途切れたが、すぐにまた鳴りだした。

「どうぞ。急ぎの用かもしれない」

麻見と紫緒をふたりだけにするのは気が進まなかったが、仕方がない。

「紫緒、この人は性質の悪い男だから、なにを言われても真に受けるなよ」

いちおう釘を刺してから、キッチンへと急いだ。

電話にでてみれば相手は久嗣翁で、紫緒に変わりはないかと訊ねられる。近況を交えてしばらく話し、適当なところで電話を切り上げた。

リビングに戻ると、向かい合わせに座っていたはずの麻見が、紫緒の隣にいる。ふたりは不自然なくらい接近していて、俯いた紫緒は、なぜか顔を真っ赤にしていた。

「紫緒、どうした?」

「……いえ、なんでもありません」

「紫緒くんの言うとおり、世間話をしていただけだよ。なあ?」

「はい。あの……わたし、いただいたお菓子を用意してきます」

紫緒はまるで小動物のように、急いでキッチンへ逃げ込んでしまった。

「なにもなかったって様子じゃないですよ、麻見さん」

じろりと睨むと、麻見はネクタイの結び目を指で緩《ゆる》めた。襟元《えりもと》を楽にしたことで、麻見は担当編集者から、つき合いの長い大学時代の先輩へと表情を変える。

「ちょっと新婚生活について聞いてみただけだよ。誓って指一本触れてない」

「当たり前です」

「おまえもそうなんだな」

「え？」

麻見は、にやりと意味深な笑みを浮かべる。

「あの子に触ってないだろ。いや、ちょっとかじってみた程度か。なんで抱いてやらないの。嫁なんだろ？」

「訳ありだって知ってるでしょう。それに、紫緒はまだ子供です」

「そうかあ？　俺にはそうは見えないけどな」

「え……？」

「子供でいてくれたほうが、おまえにとって都合がいいだけじゃないの？」

遠慮なく言われて、胸がドキリとした。

その言葉は、突き詰めて考えないほうがいい気がする。たどりつく答えによっては、いまの穏やかな生活を壊しかねない。

柊吾は、紫緒についてこれ以上話を続ける気がないことを態度で示した。

「ほかに用がなければ、お引き取りいただけますか？」

「じゃあ、もう一件だけ。西崎《にしざき》って議員を知ってるな？」

麻見は、がらりと話題を変えてきた。

西崎という男の話がどこへ着地するのかわからず、柊吾は先を促すためソファに座りなおした。

「ええ。関西出身の、当選二期目の代議士でしょう。地元の娯楽産業を一手に握っているので、関西ではかなり羽振りがいいとか」

「先月、二条家で催された桜の宴で、西崎は御前の不興をかったらしいぞ」

「爺さんの？」

桜の宴とは、桜の季節に二条家の庭で催される花見のことだ。政財界の重鎮《じゅうちん》や著名人など、毎年多くの招待客で賑わう。

先ほど久嗣翁と話したばかりだが、話題は紫緒に関することだけだった。これは偶然だろうか？

「次の選挙は危ないだろうって、西崎の後援会の連中は大騒ぎらしい。余計な火の粉が飛んでこないといいな」

「……！」

柊吾は息をのんだ。麻見がそう言うからには、懸念すべき事柄があるのだろう。

「いい土産をいただきました。ありがとうございます」

「いえいえ、これも仕事のうちです。俺としては、先生にいい作品を書いてもらわないと商売になりませんからね」

ネクタイをきっちりと締め直した麻見が、キッチンに向かって大きく声をかけた。

「紫緒さん、お邪魔しました！」

そして玄関フロアへと足を向ける。

土産のケーキを出す用意をしていた紫緒が、キッチンから小走りに廊下へ出てきた。

「もうお帰りですか？」

「新婚さんの家にいつまでも居座っては悪いからね」

「そんなことは……」

「紫緒くん」

靴を履いた麻見は、紫緒に向き直ると、すっと頭を下げた。

「玖園先生のこと、よろしくお願いします」

「あ、はい。こちらこそ、よろしくお願いいたします」

慌てて会釈を返した紫緒の様子を見て、満足そうに微笑む。

ふたりのやり取りを傍で見ながら、柊吾は苦笑した。

こういう一面も持っているから、どうしても麻見という男を嫌いになれないのだ。友人でいるには、あくが強くて性質も悪くて、はた迷惑な男なのに、ときどきひどく優しい。

麻見が帰って、急に静かになった玄関フロアで、紫緒がぽつりと呟いた。

「……柊吾さん。麻見さんは、わたしを柊吾さんの嫁として接してくださいました」

それは城田も同じだが、彼はこちらから事情を打ちあけたので、それで当然と言える。そうではない仕事の関係者に、自然に受け入れてもらえたことが、紫緒にはとても驚きで新鮮な感覚だったらしい。

「あのような方もいらっしゃるのですね」

麻見が消えたドアを見つめたまま、不思議そうにしている紫緒の頭を、柊吾は撫でてやった。

「少し遅れたが、行くか、自然公園」

「はい。あっ、いただいたケーキを冷蔵庫に入れておかないと」

キッチンに戻る紫緒の背中を追って、自分も着替えるために自室に向かう。その途中で書斎に寄った柊吾は、携帯を取りだすと、城田に電話をかけた。


麻見の襲来から二週間が過ぎた。

懸念すべき事柄はあるものの、周囲に変わった様子はなく、同居生活は順調に続いていた。

正午近くにようやく柊吾が起きると、リビングに紫緒がいた。

「……そうか、今日は日曜だったか」

大学が休みなので、録《と》りためていた料理番組の編集をしているようだ。柊吾がやり方を教えて、最近身につけた技だ。

「紫緒」

「柊吾さん、おはようございます。もう昼食の時間なのですね」

すぐに操作を終了して立ち上がる紫緒に、柊吾はふいに思いついたことを提案した。

「天気もいいし、せっかくだから、散歩がてら食べに行くか」

「お散歩ですか?」

「たまにはいいだろう」

「はい。なんだかデートみたいですね」

にこっと嬉しそうに笑われて、不思議と悪くない気分になってしまった。

「俺とデートしたかったのか?」

からかうつもりでそう言うと、紫緒の顔が見る間に真っ赤になる。

「も、もちろんです」

前髪をしきりといじりながら照れている様子が可愛くて、柊吾の胸をくすぐった。

「なにが食べたい?」

「そうですね……」

紫緒はテレビボードの引き出しから、折りたたんだ地図を取りだすと、テーブルの上に広げた。マンションのエントランスの案内所で手に入れてきた、周辺施設の案内マップだ。

このマンションの周囲には、ショップやレストランが豊富にある。マップを覗き込みながら行き先の相談という会話を楽しんでいると、インターフォンの呼びだし音が鳴った。

「フロントからだな」

応答すると、エントランスに来客で、しかも紫緒を訪ねてきているという。

ここに紫緒がいることを知っている者は、ごくわずかだ。警戒した柊吾の神経が、ぴりっと緊張した。

「名前は？　名乗りましたか？」

『はい。キタオカトオル様とおっしゃる、まだ若い男の方です』

「キタオカトオル……」

その名前には覚えがある。たしか紫緒の旧姓が北岡《きたおか》だった。

「……透流《とおる》？」

微《かす》かな呟きが聞こえて振り返ると、紫緒は顔を強張らせていた。

「知っているやつか？」

「北岡透流は、わたしの弟の名前です」

以前調査した北岡家の資料の中には、確かにその名があった。

「紫緒を訪ねてきているそうだ。どうする？」

一緒に暮らしたのはほんの数年で、久嗣翁の養子になって以来、ずっと疎遠だった弟が、なぜいまになって訪ねて来るのか。突然のことで動揺している紫緒は、どうすればいいのかわからないようだ。

「エントランスで待たせておいてくれ」

柊吾はフロントとの通話を切ると、紫緒を書斎に呼んだ。

鍵つきの引き出しを開け、しまっていた封筒の中から写真を一枚引き抜いて、紫緒に渡す。

「北岡透流だ。四か月ほど前の写真だが、そう変わってはいないだろう」

「これが……透流……」

紫緒は写真のなかの弟を、じっと見つめた。

「なにが目的かわからないが、会ってみるか?」

「……会う……って、でも……」

「その気になれないなら、俺が代理で話を聞いてもいい。今日はまだ無理なだけなら、後日あらためて会う機会を作ればいい。紫緒の好きに選べ」

いくつか選択肢《せんたくし》を示してやる。

紫緒はしばらく迷っていたが、写真から目を離すと、柊吾にそれを返した。

「……会ってみます」

「大丈夫か？」

「はい。弟がどんなつもりで来たのか、わからないから、ちょっと怖いですけど」

「俺も一緒に行こう」

「柊吾さんも？」

「同席はしない。他人のふりをしながら、近くで様子を窺うだけだ。三階のベーカリーカフェに誘うといい」

万が一ということもある。すぐに対処できるように、用心するに越したことはない。

「なにかあったときは、俺が必ず守ってやるから」

少しでも安心させてやりたくてそう言うと、紫緒は、ほっとしたように表情を和らげながら頷いた。

「そうですね。柊吾さんがいてくださるから、わたしはなにが起きても大丈夫です」

一途に見上げてくる瞳は甘く艶《つや》めいていて、柊吾は無意識に紫緒を腕の中に引き寄せていた。

「ああ。気を楽にして行ってこい」

「はいっ」

腕の中で、紫緒は気合いを入れるように、こぶしをきゅっと握った。

柊吾はひとりで先にエントランスへ降りて、隅のほうで待機した。

来客スペースで手もち無沙汰に外を見ているのが、北岡透流と名乗った少年らしい。

遅れて紫緒がエレベーターから降りてくると、少年はすぐに気づいて振り返り、はっと目を見張った。

紫緒よりも背が高く、ふたりが並んでも兄弟には見えない。手元の写真と見比べると面差しが同じで、どうやら本人に間違いないようだった。

透流はカーキ色の春物のアウターに、ジーンズとスニーカーを合わせていた。シンプルにまとめたおしゃれだが、それぞれが人気ブランドのアイテムばかりだ。裕福な家庭で育った好青年そのものに見える。

ふたりとも緊張した表情で向かい合い、やがて紫緒から言葉を交わしたあと、エントランスの外へ出る。

念のために伊達《だて》眼鏡で変装している柊吾は、さりげなくふたりのあとを追った。

マンションの住民以外も使用できる外の階段を上ると、ショップやレストランが並ぶエリアが広がっている。

そのなかに、柊吾が指定したベーカリーカフェがあった。焼きたてのパンを販売している店だが、店内とテラス席で食事も楽しめ、紫緒が越してくるまでは、柊吾もよく利用していた。

店内の席を選んだふたりに少し遅れて、柊吾も店に入る。都合よく隣の席があいていたので、コーヒーを注文したあと、持ってきた文庫本をひろげて寛《くつろ》いでいるふうを装った。

紫緒は柊吾のほうを見ないように意識しているのか、不自然なほどテーブルに視線を落としている。

注文した飲み物が揃ったところで、透流のほうから話を切りだした。

「なんだか、初めましてみたいな気分だね。一緒に住んでいたころのことは、全然覚えてないから」

「……そうだね。オレも、あまり覚えてないかな」

「いまは、どうしてるの？」

まずは世間話からというつもりなのだろうか。

「大学に通ってるよ」

当たり障りのない返事をした紫緒に、透流は自分の学校生活のことなどを話し始めた。紫緒は聞き役に徹して、たまに相槌《あいづち》を打つほかは、自分からはなにも言わない。

そのうち間が持たなくなったのか、透流は言葉を途切れさせると、意を決したように切りだした。

「兄さん、二条のお爺様のお屋敷を出たんだってね。別の人と暮らしてるって聞いたけど」

「そうだよ」

紫緒は淡々と頷く。

透流はテーブルに手をついて、ほんの少し身を乗りだした。

「家に戻ってくる気はない？」

「え……？」

紫緒にとっては意外な言葉だったのだろう。思わず視線を上げ、まじまじと弟の顔を見つめる。

「兄さんが養子になった経緯は、母さんから聞いて知ってるよ。でもお屋敷を出たってことは、もう家に帰ってもいいんだろう？　また家族で一緒に暮らそうよ」

透流の話は、柊吾が予想していた事柄のひとつだった。声や表情に不自然さは感じないし、なにか企《たくら》んでいるようでもない。そうなってくると彼の真意が気になる。

じっと顔を見ていた紫緒が、首を傾げた。

「どうして？」

「どうして……とは？」

「どうして突然、そんな話をしに来たの？」

「それは……せっかく本当の家族がいるのに、また他人の世話にならなくてもいいだろうって思ったからだよ」

「他人……」

ページをめくりながらこっそりと見ていた紫緒の表情が、戸惑うように強張ったのがわかった。すぐに腕をのばして肩を抱き寄せてやりたくなったが、それではぶち壊しなので我慢する。

「そうだよ。いま一緒に暮らしてる人、二条のお爺様のお気に入りなんだろ。ちょっと変わった男で、お爺様に取り入るのがうまいから、兄さんの面倒を見ることになったって聞いたけど……」

「あの人のことを悪く言うな」

「えっ?」

「いくら弟でも、許さないよ」

それは、いままで聞いたこともないような厳しい口調だった。

「……ごめん」

気分を害したのだとわかった透流が、慌てて謝る。けれど紫緒は、店に入った頃とはうって変わった冷ややかな表情で、透流をまっすぐに見据えた。

「オレがここにいるって、誰に聞いたのかな。父さんたちには知らせてないはずだけど」

「……どうしても兄さんに会いたいって言ったら、父さんと親しい人が、教えてくれたんだよ」

「ふうん、それは親切な人だね。どちらさま?」

「……俺は二回くらいしか会ったことがないから。でもお爺様とも親しいそうだし、兄さんのことを相談したら、ぜひ会いに行くべきだってはげましてくれて。ほんと、いい人なんだよ」

話だけ聞いていれば特におかしなところはないが、答えるまでにいちいち間があく。言葉を選びながら話しているると教えているようなものだ。

「そう……」

紫緒は思い出したようにテーブルの上のティーカップを取ると、紅茶を一口飲んだ。

北岡透流の目的は、おそらく紫緒を北岡家に戻すことだけではないだろう。高校生の少年が、いまさら兄が恋しくなってというのもありえなくはないが、どうやら他に理由がありそうだ。

「すぐに返事をしなきゃいけないのかな?」

「それは、早いほうがいいけど……」

透流が戸惑うような顔をすると、紫緒は、あからさまに困ったようなため息をついた。

「ああ、でも、すぐには決められないよね。気持ちが決まったら連絡してよ。アドレスを教えてくれる?」

「ごめん、いまは携帯を持ってないんだ」

代わりに紫緒は、ズボンのポケットからいつも使っているペンを取りだした。

「はい」

ペンをさしだされた透流は、ますます戸惑う顔になったが、

「それじゃあ、オレのを教えておくから」

ペンを受け取って、テーブルにあった紙ナプキンに電話番号を書きつけた。

「兄さんが帰ってきたら、父さんたちも、きっと喜ぶよ」

ペンと一緒に紙ナプキンを手渡した透流が、一仕事終えて、ほっとしたような笑みを浮かべる。

「……そうかな」

「そうだよ」

いい連絡を待っていると言った弟と、紫緒は店内で別れた。


揃ってマンションに戻ると、紫緒は少し休みたいと言って自室に籠ってしまった。しばらくそっとしておくべきか、それともホットミルクでもいれて慰めてやるべきか迷っていると、呼びだしていた城田が到着する。

城田を書斎に迎えて、柊吾はさっそく報告を聞いた。

「柊吾さんの推察どおり、代議士の西崎と、北岡社長……紫緒さんの父親とのつながりがはっきりしました。北岡社長は脅されていたようですね」

城田から渡された調査報告書に、ざっと目を通す。

「……やはり、事の始まりは、桜の宴か」

麻見が匂わせていった火の粉は、懸念どおりに紫緒へと降りかかってきたようだ。

久嗣翁の不興をかい、次の選挙での当選はないだろうと言われた西崎は、保身のためにあらゆる手段を講じる途中で紫緒の存在を知ったらしい。久嗣翁が、唯一と言ってもいいほど溺愛《できあい》している子供を味方につけることができれば、道は開けるかもしれない。

しかし柊吾の元にいる紫緒には、おいそれと近づく機会がない。

「そこで北岡家に圧力をかけ、紫緒をとり込もうとしたのか」

「紫緒さんさえ言いなりにできれば、御前の怒りを静められると考えたのでしょうね」

西崎の地元には、運が悪いことに紫緒の父親が社長を務める会社の、最も大きな取引先があった。西崎が手を回して取引を中止させ、再開するための交換条件として、紫緒のことを持ちだし唆《そそのか》したのだ。

透流が来たのも、紫緒の情に訴える策として利用されたからなのだろう。本人がどこまで事情を把握しているのかはわからないが、ずいぶんと酷なことをしてくれたものだ。

北岡家と紫緒との間は、利害関係でしかない。

そんなことを、いまさら家族から思い知らされたのだ。

「俺も家族団欒からは程遠い家庭で育ったが、さすがに同情する」

「紫緒さんの弟は、友人たちに、自分はひとりっ子だと話しているようです」

「どいつもこいつも……浅はかだな」

「それから西崎ですが、地元では殿様気取りで、かなりの暴君で通っています」

「その調子で爺さんの前に出て、不興をかったわけか」

老いてはいても、久嗣翁の人を見る目は確かだ。だから戦後の政財界を勝ち残ってこれたとも言える。

けれど久嗣翁は、相手が悪人だろうと、利用価値があるならば抱き込むことをいとわない。つまり西崎は、その価値もない男だったというわけだ。

城田は別の封筒を取りだした。

「知人のルポライターから入手した、西崎の悪行の数々です」

中に入っていたのは、プリントアウトされた紙の束と、メモリースティック。

「今回は、麻見さんを巻き込むのが、手っ取り早いかと」

「そうだな、あの人に借りを作るのは気が進まないが……」

ふたりして、悪い顔つきで密談をしていたところに、書斎のドアがノックされた。

「柊吾さん、入ってもいいですか?」

紫緒の声だ。柊吾は自らドアを開けて、室内に招き入れた。

紫緒は、コーヒーの入ったマグカップをトレイに載せて持っていた。

「もう平気か？」

「はい。少し落ち込んだだけですから」

まだ表情は冴《さ》えないが、声の調子はしっかりとしている。

柊吾はトレイを受け取ると、可動式のサイドテーブルに置いた。そして紫緒を仮眠に使っているソファに座らせ、自分も隣に腰を下ろす。

城田にはデスクチェアをすすめ、しばらくは三人揃って、熱いコーヒーを飲んでいた。

やがて紫緒がぽつりと呟いた。

「わたしが北岡家に戻ると、たぶん父が助かるのでしょうね」

柊吾は驚いた。

「気づいていたのか」

「……我が弟ながら、あの芝居の下手さには呆れます。それに、これでも十五年の間、あのお爺様の傍にいたのですよ。嫌でも人を見る目が養われます。……北岡家に、なにかあったのですね」

さらりと言った、十五年という時間。その間に紫緒はどれだけの謀略を見聞きし、巻き込まれてきたのだろう。

柊吾にしても資産家の息子というだけで、様々な思惑を持った人間が周囲に群がってきた。そのせいで多少人間不信になっているのも自覚している。

財界の大御所の養子という、望みもしなかった生き方を強いられた紫緒にとって、それはどれほどの負担だったことだろう。

紫緒は弟の様子や実家の現状を冷静に観察し、判断した。それはもう弟ですら簡単には信用しなくなっているということで、そうならざるをえなかった紫緒の境遇を思うと、あらためてやるせない気持ちになった。それと同時に、いままでの立場と距離を置くことで紫緒が楽になれるのなら、いくらでも力になってやりたいと思う。

いまは小説家として悠々自適に暮らしている自分を紫緒の相手に選んだ、久嗣翁の親心がわかった気がした。

ベーカリーカフェで弟と対峙《たいじ》する様子を見ていたときにも感じたが、紫緒は聡明なうえに肝が据わっている。

二条グループの一翼を担うには向いていないと久嗣翁は判断したそうだが、それは経営のセンスや才能がないからではなく、権力への野心や執着がないのが理由なのかもしれなかった。

「柊吾さん」

「ん？」

「わたしは、たとえ父を助けるためだとしても、北岡家へ帰るとは言えそうにありません。親不孝者ですよね」

初めからそうだったわけではない。離れていても彼らの子供でいたいと願った頃もあっただろう。開いてしまった心の距離を認め、受け入れ、もう元の家族に戻ることはないのだと諦めるまで、どれだけ傷ついてきたのだろうか。

「わたしが家族だと思えるのは、ずっとお爺様だけでした。そしていまは、家族になりたいと願う人ができました。その人と離れてまで、戻ろうという気持ちにはなれません。わたしは……どうしても……」

そうは言っても迷いはあるのだろう。俯いて、小柄な身体をもっと小さくしながら、紫緒は耐えている。

柊吾は少しでも力をわけてやりたくて、紫緒の肩を、ぎゅっと抱いてやった。

「顔を上げろ、紫緒」

従順に顔を上げた紫緒は、まるで萎れた花のようだ。いまにも泣いてしまいそうな目も、噛《か》みしめたせいではれた唇も赤くなっている。

落ち込んだ顔をしているのに、それでも柊吾には紫緒がとても愛らしく思えた。

「俺が全力で守ってやる。だからおまえはなにも心配しなくていい」

「……柊吾さん」

心配そうな紫緒の頭を撫でてから、柊吾は城田に向かって言った。

「城田、手配を頼む。天彰にも協力を仰げ」

「承知しました」

城田は頷くと、機敏な動作で書斎を出て行った。

「柊吾さん？」

「降りかかった火の粉を払うだけだ。北岡家のことは、俺に任せておけ」

それ以上は詳しく説明するつもりがない柊吾は、残りのコーヒーを飲み干した。

「ご迷惑をおかけして、すみません」

「いや……大丈夫か？」

「はい。わたしは大丈夫です」

紫緒は笑って頷いたけれど、強がっているのがありありとわかる。

無理もない。紫緒はまだ、親元にいてもおかしくない年頃なのだ。

「紫緒がここにいたいなら、そうするといい」

「……はい」

「だが、もしも、わずかでも、血のつながった家族と暮らしたいと願う気持ちがあるのなら、我慢することはないぞ」

「え……っ？」

「今回のこととは別に、なにも問題のない状態で家に帰れるようにしてやる。紫緒が望むなら、俺がどんな手を使ってでも叶えてやるよ」

親元へ帰るという選択肢を選んでもいいのだと教えると、紫緒は瞬きも忘れたように、じっと柊吾を見つめてきた。

ひとりの老爺によって歪められた人生を、ほんの少しでもどうにかしてやれたらと思う。そのためにも、自分の感情よりもなによりも、紫緒の意思を尊重してやらなければならない。

どんな答えも受けとめてやるつもりで待っていると、紫緒はつめていた息を、ふっとほどいた。そして神妙な顔で切りだしてくる。

「柊吾さん」

「ん？」

「もしも柊吾さんがお嫌でなければ、わたしは柊吾さんの傍にいたいです。まだまだ嫁として未熟なわたしですが、いつかきっと、柊吾さんに認めていただけるように頑張りますから」

「……紫緒」

「どうか、ここにいさせてください。それがわたしの望みで、選んだ道です」

すがるような瞳が、紫緒の答えだった。

ここまで慕われて、想われて、嫌なはずがない。

「わかった。いままでどおり、ここにいればいい」

柊吾は頷きながら、安堵《あんど》のような充足感が心に満ちるのを感じていた。

大人の顔で答えを待っていたけれど、本音はいまさら手放せる自信などなかったのだ。


柊吾が城田に命じたことは、数日後に白日のもとに晒された。

テレビのワイドショーの話題は、西崎代議士のスキャンダルでもちきりだった。

麻見が勤務する出版社の写真週刊誌が、スクープとしてすっぱ抜いた、西崎の地元でのご乱交の数々。加えて偽装献金疑惑と、その金の出所が暴力団関係者だったことから、黒社会とのつながりも取りざたされ、西崎の評判はあっという間に地の底へ落ちた。

紫緒の父親の会社は、西崎が圧力をかけていた企業との取引が回復し、なんとか倒産を免《まぬが》れたようだ。

西崎の地元では、地に落ちた殿様の代わりに、新しい企業が娯楽産業に参入し始めている。その企業の親会社が二条グループの系列会社だというのは、ほんのおまけの出来事だった。

「西崎は、全部秘書がやったことだと言っていますね」

「それでどこまで言い逃がれができるかな」

さあっと庭を吹き抜ける風に、さわやかな初夏の匂いが混じっている。二条家の中庭は、四季それぞれの美しさを楽しめる、居心地のいい場所だった。

庭が見渡せる渡り廊下に、紫緒と並んで座っていると、屋敷のお手伝いさんが急ぎ足で近づいてくる。

「紫緒様、先方が到着されました」

「はい。すぐに行きます」

返事をして紫緒は立ち上がった。

「それじゃあ柊吾さん、行ってまいります」

「ああ。気負わないで、食事を楽しんでこい」

「はい」

よく晴れた初夏のとある日。

紫緒はこれから、北岡家の家族一同と会食することになっていた。

今回のことで迷惑をかけた詫びと、会社の危機を救ってくれた礼が言いたいと、北岡の父親から申し入れがあり、実現したのだ。

食事をしながらのほうが、場が和やかになるだろうと、段取りをつけたのは柊吾で、その場所を提供してくれたのは久嗣翁だった。

北岡は柊吾の同席も望んだが、今回は親子水入らずがいいだろうと遠慮した。いまごろは心尽くしの料理を前に、両親と挨拶をしていることだろう。

しばらくの間、ぼんやりと景色を眺めていると、庭を散策していたのか、久嗣翁が飛び石の小路を歩いてくる。

「紫緒は行ったか」

「はい。今回は、御前のおかげで余計な火の粉が降りかかってきましたよ」

「それは、すまんかったのお」

柊吾の隣までやってきて、同じように庭を眺めながら、久嗣翁は愉快そうに笑った。

「だが、わしの助けは必要なかったようだな」

確かに、柊吾は自分が動かせる人間だけを使って事を収めたが、こうもうまくカタがついたのは、西崎が久嗣翁の不興をかったと、すでに業界に知れ渡っていたからだ。なかには、久嗣翁が子飼いの者を使って西崎を潰《つぶ》させたのだと読んでいる者もいる。

「御前に助けていただくと、あとで高くつきますからね。遠慮しておきます」

「そうか、遠慮するか」

久嗣翁は、まるで水戸黄門のような高らかな笑い声をあげた。

「頼もしくなったのう、婿殿は」

「幼少のころから、御前に鍛えられていますからね」

「おや、婿ではないと言わんのか」

「婿はいいですが、婿養子は勘弁してください」

しれっと答えると、久嗣翁はほんの一瞬だけ真顔になったが、

「そうか」

すぐに元の顔に戻って頷いた。

「御前」

「なんじゃ」

柊吾は胡坐《あぐら》から正座に座りなおすと、床に手をついて一礼した。

「遅くなりましたが、将棋に勝った褒美、有難《ありがた》く受け取らせていただきます」

「おう。好きに持って行け」

結局は、久嗣翁の思いどおりになったわけだ。

「また褒美をかけて、どうじゃ、これから一局」

久嗣翁は指先で将棋を指すしぐさをする。

「つき合いますか」

これも一種の親孝行かと、柊吾は場を移すために立ち上がった。


会食は二時間ほどでお開きになり、両親を見送った紫緒が戻って来た。

「こちらにいらしたのですね、柊吾さん。お待たせしました」

どんな顔で帰って来るか、少しばかり心配していたが、瞳が元気そうで安心する。

将棋の駒を片づけていた柊吾は、からかうように言った。

「里心がついたか」

「いいえ。どうやらわたしは、三歳のときに、すでに親離れをしていたようです。和やかな気持ちで話ができるようになれて嬉しかったですが、でもそれだけでした。なんというか……親子だけど、別の道を歩いているというか、たまに交わったときには、またこんなふうに過ごせたらいいなと思う程度でした」

気が楽になったというのが正直なところだと、さばさばとした言葉は、紫緒が吹っ切れたという証だろう。心なしか顔つきも少し大人っぽくなったように見える。

「それなら、もうなにも遠慮はいらないな」

「はい？」

「いや。俺も安心した」

そう言うと、紫緒は三つ指をついて、丁寧に頭を下げた。

「いろいろとご心配をおかけしました。そして、ありがとうございました」

「礼を言われることではない。俺がしたくてしたことだ」

「……柊吾さん」

「なにがあっても紫緒には俺がいる。それだけは忘れるな」

「はい」

紫緒は頬を染めてはにかむと、恥ずかしさを紛《まぎ》らわすようにあたりを見渡した。

「お爺様の姿が見えませんね」

「奥だ。また俺が勝負に勝ったので、褒美を探してくると言って……」

説明していると、奥から柊吾を呼ぶ声が聞こえてくる。手持ちの会社の権利書と、ハワイの別荘と、どちらが欲しいか訊ねているようだ。

「……将棋に勝った褒美が、別荘に権利書か？　まったく、あの爺さんは」

「お爺様は、柊吾さんがお気に入りですから」

柊吾は奥に向かって声を張り上げた。

「どちらも遠慮しますよ！」

「わたしは、お茶を淹れなおして来ますね」

座敷から廊下へ出ようとした紫緒の背中を、柊吾は呼び止めた。

「なあ、紫緒」

「はい。お茶菓子もいただいてきましょうか？」

「けじめに祝言はあげておくか」

「……えっ？」

紫緒は、いきなり猫だましにでもあったような、びっくりした顔で固まってしまった。

そんなに驚くとは思わなかった柊吾は、おかしくなって、つい吹き出す。

「あの……柊吾さん、いま、祝言……って、言いましたか？」

子供の憧れだと否定してきた紫緒の想いを、いつの間にか信じている自分がいた。

一途に向けられる眼差しに心を揺らされ、気づいたときには、なくてはならない存在へと変わっていた。

「花嫁修業中の紫緒も可愛くてよかったが、新妻の紫緒が見たくなった」

「……柊吾さん」

「俺のところへ嫁にきてくれるか」

紫緒の驚いた顔が、見る間に歓喜の表情へと変わる。

「柊吾さんっ！」

全身で飛びついてくる小柄な身体を、柊吾はしっかりと抱きとめた。

「本当に着るのか？　これ」

「着ることはないかもしれないのに、仕立ててくださったものですよ。これも娘としての、最後の親孝行です」

「……どうだろうな。娘じゃなくなっても、扱いは変わらない気がするが」

「それに、なにを纏っていようと、柊吾さんのもとへ嫁ぐという、一番大切なことは変わりませんから」

「……紫緒」

嬉しいことを言われ、胸に抱き寄せようとのばした腕は、横から入ってきた細い手に遮られた。

「はいはい、それはあとにしてね。いいから柊吾さんは、早く隣の部屋で着替えて」

たしなめるように睨んできた女性は柊吾の従姉妹で、城田の嫁でもある奏子だ。紫緒のたっての希望で、このよき日に参列するため、店を臨時休業にして駆けつけてくれた。

紫緒は柊吾の知らない間に、何度も奏子の店を訪れ、親交を深めていたのだそうだ。

「それじゃあ紫緒ちゃん、始めましょうか」

奏子の一声で、部屋の隅に控えていた着付けや化粧を担当する者たちが、わらわらと紫緒を取り囲む。

紫緒はこれから花嫁になるのだ。

大安吉日。二条家の奥棟の座敷には、神様の名前の書かれた掛け軸が掛けられ、神前結婚式の準備が整えられていた。

列席者は、久嗣翁と天彰、そして城田夫妻の四人だけ。

そろそろ時間だと呼ばれ、式場となる座敷の手前の廊下で待機していると、続いて紫緒もやって来た。

その姿を見るなり、柊吾は感動して息をのむ。白い綿帽子の下は薄く化粧を施し、唇にはあざやかな紅をさしていた。そのうえ伏し目がちの目元が、やけに色っぽい。

いい意味でまったく違和感がなく、とても初々しい白無垢《しろむくすがた》姿だった。

「……驚いたな。可愛いだろうとは思っていたが、こんなに綺麗だとは」

「柊吾さんこそ、紋付《もんつ》き袴《はかま》がとてもよくお似合いです。和装も素敵です」

久嗣翁は柊吾のための衣装も用意してくれていた。玖園家の家紋が入った黒の紋付き袴を着て、髪も会社員のころのように、すっきりとまとめている。

ふたりで褒め合っていることがおかしくて、笑っているうちに、高まっていた緊張が少しほぐれた。

「では、行くか」

「はい」

互いに手を取りあって、式場に向かう。

紫緒は巫女《みこ》に手伝われながら、用意された席に揃って着席した。

寛大な心で挙式を引き受けてくれた神職が、式を執《と》り行う前に祓　詞《はらえことば》を奏上し、祓串《はらえぐし》と呼ばれる御幣《ごへい》を振って参列者全員を祓う。

神に清めを願い、けがれを取り除いたところで、いよいよ結婚式が開式された。

式の流れを順に追うと、最初に用意していた初穂料《はつほりょう》を神に捧げ、食事である神饌《しんせん》をたてまつり、祝詞《のりと》を奏上する。

そして神職より渡された誓詞を、柊吾は神前に向かって一礼したあとに読み上げる。

続いて三献の儀と移り、三つの盃《さかずき》で御神酒《おみき》を酌《く》み交わした。これは御神酒の力で二人をしっかりと結びつけるという意味があるのだそうだ。

次は玉串拝礼へと移り、新郎新婦が神前に玉串を捧げ、二拝二拍手一拝の作法で拝礼し、続いて久嗣翁が代表として、同じく玉串を捧げ、参列者一同とともに拝礼する。

神職から婚礼が整ったことを告げられ、捧げていた神饌をお下げし、御神酒とっくりのふたが閉じられる。

閉式にあたって神職が神様に一礼し、一同もそれに合わせ一礼。

以上で式は終了となった。

個人宅での挙式のため、多少簡略した個所《かしょ》もあるが、始終厳《おごそ》かで、けれど温かな雰囲気につつまれた式だった。

本来ならこれから披露宴《ひろうえん》へと移るのだが、いまさらお披露目の必要もないので、全員で洋間に場所を変えて食事をすることになっている。

お色直しを兼ねた着替えのため、控え室として使っている部屋へ戻ると、紫緒は緊張から解放されたせいか、ぐったりと椅子に座りこんだ。

新郎の控え室は隣のはずなのに、始終こちらに入りびたっている柊吾も、床に胡坐をかいて座ったたまま、すぐには動けずにいる。

「疲れたか?」

問いかけると、紫緒は綿帽子を自分で外し、髪をもとに戻しながら健気に微笑んだ。

「……いいえ。疲れたというよりは、ちょっと気が抜けたみたいです」

「食事は日をあらためることにして、あとは帰って休んでもかまわないぞ」

「ダメですよ。奏子さんが焼いてくれたウェディングケーキ、ずっと楽しみにしていたのですから」

「それなら、ケーキのために着替えるとするか」

「はい」

柊吾は紫緒が立ちあがるのに手を貸してやった。

着物は胸に帯やら紐《ひも》やらをきつく締めているので、とても窮屈そうだ。

白打掛《しろうちかけ》の襟を持って肩から下ろしてやると、紫緒が不思議そうに首を傾げた。

「柊吾さん？」

「ひとりで脱ぐのは大変そうだ。手伝ってやろう」

柊吾は真面目《まじめ》に言ったのだが、紫緒は顔を真っ赤にして慌てた。

「大丈夫ですよ、振袖で慣れていますから」

「だが、その帯、本当にひとりでほどけるのか？」

帯はどこから手をつければいいのかわからず、とりあえず帯締めを指でたどって確かめていると、

「あの、柊吾さんっ」

紫緒に腕をつかんでとめられる。恥ずかしそうに顔を赤くしているくせに、見上げる瞳

は柊吾を咎めていて。

「わたしのことはかまいませんから、柊吾さんも早く着替えてください」

そして襖のほうへ背中をぐいぐいと押され、ついには部屋の外へ追いだされた。

仕方がないので隣の自分の控え室へと戻りながら、やはり脱がしてみたかったと柊吾は笑いつつも残念に思った。


上機嫌で杯を重ねていた久嗣翁が酔いつぶれたところで食事会はお開きになり、ふたりは離れの客間へと移動した。

紫緒と二人きりになったところで、今日一日の予定を滞りなく終えられた安堵と、慣れない体験をした疲労感が一気に押し寄せてきて、柊吾はネクタイを緩める。

「……とりあえず風呂だな」

「はい。支度ができているか見てきます」

柊吾よりも疲れているだろうに、紫緒は振袖姿のまま、離れの浴室へ向かおうとする。

「俺が見てくるから座っていろ。疲れただろう」

「でも……」

立ち止まった紫緒は、落ち着かない様子であたりを見回し、ふと思いついた顔をした。

「夜具がありませんね。休む準備は整っていると伺ったのですが」

離れまで案内してくれたお手伝いさんがそう言っていたのにと、なにげなく隣室へ続く襖を開けた紫緒が、なぜかそのまま固まる。

「紫緒？」

不思議に思った柊吾は、紫緒の後ろから中を覗き込み、同じように固まった。

「これはまた……」

隣の部屋は、まるで時代劇にでてくる殿様の夜伽《よとぎ》部屋のようだった。ほんのりと明るい部屋の中央に、金糸銀糸でめでたい意匠《いしょう》が刺繍されたダブルサイズの布団が敷かれ、枕《まくら》も二つ並んで準備万端に整っている。

これも久嗣翁の心遣いなのだろうが、行灯《あんどん》の和紙越しの淡い明かりが、なんともいかがわしい雰囲気を醸《かも》しだしていた。

晴れて夫婦となったので、共寝することに問題はないが、さすがに柊吾は躊躇《ちゅうちょ》した。

紫緒も、まさしく初夜という空気にのまれたのか、恥じらうように頬を染めたまま、身動きもできずにいる。

しばらく迷ったが、柊吾はそのまま襖を閉めると、紫緒の手を引いて客間を出た。

「柊吾さん？」

「帰るぞ」

「えっ、でも……」

「あんな部屋では、落ち着いて寝られそうにないからな」

それに、ここまで久嗣翁にお膳立《ぜんだ》てしてもらっては、いくら婿の立場でも男として情けないものがある。

すでに床に入っているだろう久嗣翁への挨拶は遠慮して、柊吾は紫緒を車の助手席に乗せると、夜道を走ってマンションへ帰った。

寝室のウォークインクローゼットに入った柊吾は、ネクタイをほどき、脱いだスーツの上着を適当に置いた。

小物がしまってある棚を探して、折りたたんだ着物用ハンガーを取りだす。

「紫緒」

呼びかけると、クローゼットの入り口で待っていた紫緒が、おずおずと中へ入ってくる。

「振袖は、これにかけておくといい」

ハンガーを差しだすと受け取ったが、どうすればいいのか迷うように、手の中で弄《もてあそ》んでいた。

「その帯、ほどくの大変そうだな。手伝ってやろうか?」

「……え?」

反応も鈍くて、どうやらそろそろ疲れも限界にきているようだ。

柊吾は紫緒の頭に手を置くと、優しく撫でてやった。

「冗談だ。とりあえず、着物を脱いで楽にしろ。そのままでは横にもなれないだろう」

神の前で誓いを立て、名実ともに夫婦となった最初の夜だが、明日は平日で紫緒は大学の講義がある。

先ほどから腹の奥でじりじりと熱を帯びてきている欲求のままに抱いてしまいたい気持

ちはあるが、後先を考えずにがっつけるほど青くもない。

慌てることはない。紫緒を可愛がる時間は、これからいくらでもある。週末まで待てないこともないと、そう自分に言い聞かせていると、

「柊吾さん」

紫緒はハンガーを手近なところに置いた。そして長い袖をまとめて持つと、ほんのりと頬を染める。

「脱ぐの、手伝ってくださいますか?」

袖を持ったのは、帯をほどくのに邪魔にならないようにというしぐさだった。

「……ひとりで大丈夫なんじゃなかったのか?」

からかうように言うと、紫緒はますます顔を赤らめ、恥ずかしそうに震えるまつげを伏せる。

柊吾は正面に立つと、恥じらう表情と、金糸の刺繍が入った帯を見下ろした。

「からかって悪かった。控え室では断られたが、ずっと、これをほどいてみたいと思っていた」

触れてもかまわないと紫緒が言うのなら、遠慮をする理由はどこにもない。

艶やかな絹の結び目を指でたどると、両脇《りょうわき》に上げている紫緒の手が、ぴくりと震えた。

「どれから外せばいい？」

「……帯揚げから」

紫緒が教えるとおり、胸と帯の間に入れ込んでいた結び目を、引き出してほどく。きつく締めていた帯締めもほどくと、固い袋帯が緩んだのがわかり、柊吾は紫緒の脇から手を後ろにのばす。胸を密着させたまま、肩越しに見える帯を、引っぱったり伸ばしたりして、なんとか外し終えた。

初めて会ったときも、紫緒は愛らしい人形のように振袖を着ていた。

帯をつける前の状態に戻った姿を見下ろして、しみじみと思う。

「あのときは、まさか、自分の手で帯をほどく日がくるとは、思ってもみなかったな」

周囲の思惑に流されるまま、ただ言いなりになるだけの子供だと思っていたのに。

「柊吾さんっ」

体当たりするような勢いで抱きついてきた、この小柄な身体を、いつからこんなに愛しいと思うようになったのだろう。

「紫緒、これじゃ脱がせられない」

胸元にある頭を見下ろしながら、背中を優しく叩《たた》いてやると、紫緒は身体をいったん離した。そして伊達締めや腰紐を手早くほどくと、肩から振袖を床に落とし、長襦袢《ながじゅばん》の姿で再び柊吾の胸に飛び込んでくる。

背中にまわった細い腕に、ぎゅっと抱きつかれて、柊吾は微笑みを浮かべた。

「まあいい」

抱きつく身体を器用に抱き上げると、クローゼットを出て、自分のベッドまで運ぶ。

横たわらせた紫緒にのしかかり、上から瞳を覗き込むと、紫緒は恥ずかしそうに目を伏せた。

「今度は、修業不足だからって拒むなよ」

「え?」

戸惑うように瞳を揺らし、しばらく考えていたが、なにか思いあたったのか顔を上げる。

「柊吾さんを拒んだ覚えなどありません」

そして、まっすぐな瞳で見上げてきた。

「わたしは確かめたかっただけです」

「確かめる?」

「はい。わたしは……まだまだ嫁として修業不足ですし、女性でもありません。ちゃんとおつとめが果たせるかもわかりません。それでも、貰っていただけますか?」

心配そうに問われて、柊吾は理解した。あのときは拒まれたのだと思ったが、紫緒は確認したかっただけなのか。

柊吾は手のひらで紫緒の頬を撫でた。

「こうされて、嫌なわけではないんだな?」

「ドキドキします。だって、好きな人の手ですから」

嬉しそうに微笑む紫緒の健気な愛情にうたれ、柊吾は紫緒の唇にキスをした。やわらかなそれを何度も啄《ついば》み、ぎこちなく応えてくるのを開かせ、舌を入れてからめる。

紫緒はすぐに、くたりと力が抜けたようになって、目元を赤く染めていた。

キスの合間に帯を緩めれば、長襦袢はすぐに前を開ける。じかに素肌に触れると、紫緒は恥ずかしそうに目を閉じたが、抵抗はしなかった。

「修業不足だと言ったが、おまえ、こんなことをどうやって修業するつもりだったんだ」

「それは……麻見さんが……」

「麻見さんが?」

「職業柄、参考になるものがいろいろと手に入るので、送ってあげるからと。勉強して、旦那様に実践《じっせん》してみろと言われました」

「あの人は……っ」

柊吾はシャツを脱ぎ捨て、素肌の胸に紫緒を抱き込む。

「怪しげな物が届いてやしないだろうな」

「まさか。丁重にお断りしましたから」

これは俺の嫁だと言わんばかりに、細い身体をきつく抱きしめると、ちゃんと背中を抱き返されて、胸の奥が嬉しさに熱くなる。

「紫緒」

キスはやめないまま、どこもかしこも白くてすべすべの身体を撫でまわし、そのなめらかな感触を楽しむ。

胸をまさぐるうちに、指にひっかかるほど尖《とが》ってきたものを摘まむと、

「あ……んっ」

キスの合間に、たまらないような声がこぼれて、紫緒は慌てて口を手で覆《おお》った。恥ずかしいのか、真っ赤になってシーツに頬を押しつけている。

こめかみも啄みながら、柊吾は訊ねた。

「怖いか？」

紫緒は震えながら、それでも頭を何度も横に振る。

「恥ずかしいだけか」

今度は、こくんと一度だけ頷いた。

そのしぐさが可愛くて、もっと深くキスをしかけてしまうのだから、我ながらオヤジみたいだと柊吾は苦笑する。

「見てるのは俺だけだぞ」

「……柊吾さん」

「教えてくれ。どこをどうすれば、紫緒をよくしてやれるのか。トロトロになるまで可愛がってやれるのか。紫緒の声と、しぐさで全部、俺に教えてくれ」

頬から首筋、そして胸へと。

紫緒が反応を返す場所を丹念に探りながら、身体の隅々まで手と指で触れ、口づけし、舌を這わせて、すべてを暴いていく。

一番簡単に快感をえられる場所には触れないまま、細やかな愛撫で紫緒がくったりと蕩《とろ》けた頃を見計らって、膝を立てて開かせる。

「しゅ…ごさん……？」

用意していたローションを取りだし、手のひらに垂らすと、開かせた脚の奥にたっぷりと塗りつけた。

「なに……？」

「紫緒が楽になるものだ」

まだ固く閉じているそこを、濡れた指先で撫でると、紫緒は納得したらしく、ローションのぬめりに助けられながら、少しずつ指で刺激し、頃合いを見計らって指先を含ませてみる。

「ふう……っ」

思ったよりもすんなりと指が入って、柊吾は驚いた。ただでさえ小柄なので、初回からいきなりは無理かもしれないと思っていたが、これなら大丈夫そうだ。

これも紫緒がすべてを柊吾に委ねてくれているからだろう。心が柊吾を受け入れているから、身体も逆らわない。

広げるように動かしていた指が、緩やかに出入りできるようになると、ローションを追加し、指の数を増やしてはまた広げてを何度かくり返す。

「あっ、あ……ふっ……んっ」

紫緒の息に甘い声が混じりだしたところで、柊吾はそろそろ大丈夫かと指を引き抜いた。

「あん……っ」

加えられていた刺激がいきなり途絶え、戸惑うような声が、ダイレクトに柊吾を刺激する。柊吾は、うっすらと涙をにじませた紫緒の頬を啄んで訊ねた。

「ゴムをつけたほうがいいのはわかっているが、最初はじかにおまえの中を感じたい」

「……なに……？」

「後始末もよろこんでしてやる。だから、このまま挿《い》れていいか？」

快楽に乱され、うまく考えることができないのか、紫緒はただ頭を横に振った。

「も…っ、わからない……から、柊吾さんの、好きに……してっ」

お許しが出たので、柊吾は嬉々《きき》として紫緒の細い腰を抱え上げた。

指でしつこく綻ばせた場所に、熱く猛《たけ》ったものを押し当てる。すると吸いつくようにそこが開いた気がして、柊吾はつい、腰から押し込んでしまった。

「あっ……ああ……っ」

さすがに衝撃が強かったようで、紫緒は高い声を上げたあとは、息を詰めて必死に耐えている。

「紫緒、息を吐けるか」

一番きつい部分は挿《はい》った。あとは奥まで行くだけだ。

紫緒は言われたとおり、深呼吸みたいに何度も息を吐く。その調子に合わせて、柊吾は腰を揺すっては馴染ませながら、少しずつ奥へと進んだ。

「……ん…っ」

最後まで健気に迎え入れられ、きつく包み込まれるあまりの心地よさに、柊吾は満足の

ため息をこぼした。

多少無茶をしてしまったが、紫緒は大丈夫だっただろうか。

「紫緒」

呼びかけると、開いた瞳は涙まじりで、ゆったりとした視線が柊吾を見上げてくる。

「痛むか」

労《いたわ》る気持ちで紫緒の頬を手のひらで撫でると、紫緒も手を浮かせて柊吾に触れてきた。

そのしぐさも、にこっと笑った表情も、なにもかもが柊吾の心を高ぶらせる。

「紫緒……っ」

頬に触れていた手をつかんで、指にキスをすると、

「柊吾さん、大好き……っ」

甘い声に告白されて、柊吾はたまらなくなった。ゆらりと動かした腰が止まらなくなり、紫緒を攻めたててしまう。

紫緒が放つ声も甘いまま、ときにはよさそうに身を捩《よじ》ったりするので、余計に動きが止まらなくなる。

「んっ、ん……やっ、あ……っ」

初心者なので加減をしなければと、頭の隅ではわかっているのに、紫緒の反応が良すぎ

て、つい抉《えぐ》るように大きく強く動いてしまう。

相手の反応につられて自分をセーブできなくなるなど、初めてのとき以来かもしれない。

「も……だめっ、ああっ！」

極まった声とともに、ひときわきつく締めつけられ、柊吾も、もっと奥へとねじ込んだその先へ熱を吐きだした。

「……紫緒」

汗に濡れて額にはりついた髪を指でかきあげてやると、紫緒はやっぱり微笑んでくれる。

「提案なんだが」

「……はい？」

「今週いっぱいは、大学を休まないか？」

まだぼんやりとしている瞳が、どういう理由だと問うので、柊吾はまだつながったままの腰を、ぐっと揺らした。

「ん……っ」

「しばらくは、手放してやれそうにない」

満足したりなくて、早くも兆しているのだと教えると、紫緒は目元を赤く染めたまま、恥ずかしそうに頷いてくれた。

「柊吾さんがお望みなら、わたしに異論はありません」

そしてまだ震えの残る身体をなんとか起こして、柊吾の唇に、触れるだけのキスをしてくれる。

「末永く、可愛がってくださいませ」

一途で健気で、愛しい伴侶《はんりょ》だ。

「可愛い嫁で、俺は幸せだな」

柊吾こそ、紫緒の願い事なら嫌とは言わない。

外は夜明けで、空が白み始めているけれど、抱き合うふたりには、なんの問題もないのだった。

ひめごと
Shio's side

高く澄んだ空の青さが、目にもあざやかな初夏のころ。

大安吉日のよき日に、紫緒《しお》は柊吾《しゅうご》と婚姻の儀を執り行い、晴れて夫婦となった。婚姻届の代わりに養子縁組をすませて、正式に柊吾の籍にも入っている。

祝言のあとの数日間は、なにをするのでもふたりは一緒だった。お互いのことだけを考えて過ごす、それは蜜月と呼ぶにふさわしい甘い時間。

けれども一週間後にかかってきた一本の電話が、蜜月の終わりを告げる。それは柊吾が放置していた仕事への催促で、柊吾は紫緒に名残惜しそうにキスをしたあと、しかたなく日常へと戻っていった。

紫緒も前期の定期試験が間近に迫っていたので、自主休講していた間に進んだ講義の遅れを取り戻しつつ、試験勉強にうち込む。

朝は一緒に朝食をとったあと、紫緒は大学へ行って講義を受け、柊吾は書斎で仕事。帰宅して夕食の支度を終えるころには柊吾も仕事を切り上げ、食事のあとは、眠るまで新婚らしい時間を過ごす。

新婚生活は、そんなふうに始まっていたのだが……。

いよいよ定期試験が始まると、柊吾も締め切り前の追い込みに入り、書斎に籠りきりになった。食事も睡眠も別々で、ふたりは言葉どころか顔を合わせることも少なくなり、紫緒は広いベッドに一人で眠る日々が続いている。

気づけばもう一週間が過ぎていて、試験は先日めでたく終了し、今日から大学は夏季休業に入っていた。

紫緒は特定のサークルに所属していないので、夏合宿や旅行の予定もない。約束といえば、城田《しろた》の妻である奏子《かなこ》から、河川敷で催される花火大会を観に行こうと誘われているくらいだ。

まとまった時間ができたら、習い事にうち込むのがいままでの習慣だったが、今年からは違う。嫁として、なによりも優先したい旦那様がいるのだ。

夏季休業の初日だというのに、普段どおりの時間に起床した紫緒は、今日一日をどんなふうに過ごそうかと考えた。

「柊吾さんは、今日もずっとお仕事なのでしょうか……?」

忙しいのであれば、邪魔はしたくない。

小説を書くという仕事の手伝いはできないけれど、せめてなにかの役にたちたい。

紫緒は、柊吾が望めばいつでも食べられるように食事を用意しておこうと考えた。満腹だと眠くなるそうなので、軽くつまめるもので。それでいて疲れている身体に優しくて、栄養のあるものにしよう。

それからずっと慌ただしくて行けなかった日用品の買い出しと、家の掃除をするのだ。仕事を終えた柊吾を、ほっとくつろげる部屋で迎えてあげたかった。嫁として存分に働ける喜びに浸っていると、ふと思い出した。

「そういえば、お爺様からの電話で、柊吾さんにご相談しようと思った話がありましたね」

あれこれと思いつくことを書き留めていたメモ帳の前のページをめくっていると、指にはめたリングがきらりと光る。

左手の薬指にあるそれは、祝言をあげた翌朝に、柊吾から贈られたものだった。

やけにあらたまった表情でさし出された、青いリボンのかかったジュエリーケースを開けてみると、サイズの違うプラチナのリングがふたつ並んでいた。

柊吾は自らの手で、小さいほうのリングを紫緒の薬指にはめてくれた。大きいほうは、これも誓いの証だからとねだられて、紫緒が緊張のあまり震える手ではめてからずっと柊吾の薬指にある。

まだ学生だからシンプルなデザインの品を選んでくれたのだそうだ。望むなら大粒のダイヤモンドがついたエンゲージリングも買ってやるぞと言われたが、紫緒はこれだけで十分だと丁重に辞退した。

リングを見るたびに、本当に柊吾の嫁になったのだという実感がわいてきて、胸のなかが甘い気持ちで満たされる。

これは生涯変わらぬ愛を神様に誓った証なのだ。

左手を目の前にかざすと、つやのあるリングが光を受けて輝き、紫緒はうっとりと瞳を輝かせた。

「……綺麗」

満足のため息をつきつつ、いつまでも飽きずに眺めていると、

「そんなに熱い目で見ていたら、いまに溶けてしまうぞ」

いきなり声をかけられて紫緒は慌てた。いたずらが見つかったような気分で、とっさに左手を背中に隠す。

「柊吾さん」

同じことでからかわれたのは、もう何度目だろう。けれど幸せでにやけてしまうのは仕方がないのだ。

「でも、嬉しいのです」

「喜んでもらえてなによりだ。贈ったかいがあった」

まんざら悪い気はしないらしく、柊吾はシャワーを浴びたばかりの、まだ湿り気のある

髪を無造作にかきあげた。

「卒業したら、ダイヤモンドをちりばめた新しい指環を買ってやろう」

その頃には、宝石にも負けない青年になっているだろうと、紫緒を眺めて目を細める。

「それでは、柊吾さんのぶんはわたしから贈らせてください。交換しましょう」

「そうだな。楽しみだ」

ひげも剃ってさっぱりとした容貌は今日も凛々しくて素敵だが、目元のあたりには疲れが見て取れた。少しは眠ったのか心配になったが、仕事のことなので、紫緒はあえて口をつぐんだ。

「なにか召しあがりますか？」

「いや、食事より、少し寝る。紫緒もつきあえ」

柊吾はそう言うと、いきなり紫緒の膝を軽々とすくって腕に抱き上げた。

「えっ？　あの……っ」

戸惑う間に寝室まで運ばれ、今朝まで紫緒がひとりで眠っていた広いベッドに下ろされる。そして柊吾も隣に寝転んできた。

「柊吾さんっ」

抱き枕のように腕に包まれて、身動きもできない。

「……一週間ぶりの紫緒の匂いだ」

ほっとしたような声でため息まじりに言われて、紫緒の身体からも力が抜けた。

柊吾はよほど疲れているのだろう。自分を腕に抱くことで少しは癒されるのならば、こんなに嬉しいことはない。

紫緒は、かろうじて手が届く柊吾の背中を優しく撫でた。

「今日はお休みですか？」

「……ああ。今朝書き上げて、メールで送った。しばらくはゆっくりできる」

「お疲れ様でした。それでは心ゆくまで眠ってください」

寝る子をあやす気分で背中を撫で続けていると、お返しのつもりなのか、柊吾の手のひらも紫緒の身体を撫で始める。

「悪かったな。新婚なのに、ずっとほったらかしにして」

「いいえ。お仕事ですから、仕方がないことは承知しています。お気になさらないでください」

「そういや、大学は？」

「今日から夏季休業ですよ」

「そうか、夏休みか……」

だから柊吾が寝つくまで添い寝をする時間は、いくらでもあるのだ。

紫緒はうっとりと目を閉じた。ひさしぶりの柊吾の腕の中は温かくて心地よくて、自分もこのまま眠ってしまいそうだ。

そうしている間に、本当にまどろみ始めていた紫緒だが、いきなり目をぱっちりと開けると、戸惑う声で訊ねた。

「……あの、柊吾さん、どこを触っているのですか」

「ん？　紫緒の腰だな」

柊吾の手は、紫緒のしなやかな背中から腰、そして太股から尻の丸みまでを、いたずらに何度も撫でている。その触り方に不埒な意図を感じて、紫緒は柊吾の手から逃げるように身じろいだ。

「お仕事を終えたばかりで疲れているのですから、大人しく寝てください」

原稿を今朝書き上げたということは、昨夜はほとんど眠っていないはずだ。

「そのための添い寝なのでしょう」

「確かにそのつもりだったが、紫緒を抱いていたら、大人しく眠る気分じゃなくなった」

柊吾は手を止めるどころか、身体を起こすと紫緒に覆いかぶさってきた。重なった下半身に、すでに兆し始めているものを押しつけられて、かあっと顔が熱くなる。

疲れているときほど、男はそのような気分になると聞いたことがあるけれど。

「こんなに明るいのに、なにを考えているのですかっ」

「紫緒のことだ」

「はしたないですよ、柊吾さん」

「べつに初めてでもないだろう」

色めいたまなざしを向けられて、ぐっと言葉に詰まった。

蜜月の間には、そんな事もあったかもしれない。とにかく柊吾は初心者の紫緒をいいように翻弄してくれたので、最中のことは覚えていないことも多いのだ。

「嫌か?」

柊吾はほんの少し、せつなそうに眉を寄せる。紫緒がその顔に弱いのだと、きっと知っているに違いない。

「なあ、紫緒」

おまけに甘い声がじれったく名前を呼ぶから、紫緒は早々に降参した。

「ご存知のくせに」

「ん?」

「わたしが本気で柊吾さんを拒んだことなどないでしょう」

顔のほてりが、じわじわと身体に広がっていくのがわかる。

「そうだな」

柊吾は、にやっと悪い笑みをうかべると、シャツをたくし上げた紫緒の胸元に唇で触れてきた。

あらゆるところに触れられているうちに、いつの間にか脱がしにくいジーンズも取り去られ、丸裸にされている。

柊吾の指が、脚の間の最奥に触れてきて、紫緒はぴくりと震えた。

そこで味わった悦楽を身体は忘れていない。

「やっぱり、固くなってるな」

「え……っ？」

丹念にほぐされたおかげで少しは柊吾に慣れていたのに、しばらく抱き合わない間に元に戻ってしまったらしい。

「まあいい。またとろとろにしてやればいいだけだ」

キスに応えている間に、どこからか取り出したローションをたっぷりと塗られ、器用な指が柊吾を受け入れられるように開かせていった。

「思い出せ。あの時は、ここでちゃんと俺をいかせただろう」

「やっ……言わないで……っ」

「うまくできたって、喜んでたよな」

「やだ……っ」

思わせぶりな言葉にも感じて、丹念に刺激されているうちに、紫緒は従順にほころんでいく。

「もう、いいか？」

柊吾もあまり余裕がないのか、指に代わって、熱くて硬いものを性急に押し当ててくる。

「紫緒」

名前を呼ばれ、返事の代わりに何度も頷くと、狭い内側を押し開きながら柊吾が入ってきた。

「くっ……ふ……あっ、ああ……っ」

衝撃に一瞬噛みしめた唇も、押し出されるように緩んで甘い声がこぼれる。

「もう少し、がまんな」

腰を揺すって深々と奥まで収めきると、柊吾は満足そうなため息をついた。

「しゅ……ごさん」

「ちゃんと思い出したな。いい子だ」

髪を撫でてくれる指をつかまえて、無意識に頬に押し当てながら、すがりように呟く。

「柊吾さん……大好きです」

「可愛いことを言うと、一度では終わらなくなるぞ」

じれったく動き出す柊吾に揺すられながら、紫緒は、旦那様が望むのであれば、思いどおりにしてくれてかまわないと思う。

昼間から不埒な行為に溺れ、疲れきったふたりは、そのまま抱き合って眠りに落ちた。

次に目覚めた時には、すでに太陽が西に傾き始めていた。

柊吾は紫緒を腕に抱いたまま、心地よさそうに寝息を立てている。紫緒が身じろいでも目覚める気配はない。

徹夜続きで睡眠不足のうえに、体力を使うようなことをしたから、もう限界だったのかもしれない。

けれど寝顔は穏やかで、紫緒は安心した。

「疲れているのに……あんなにするからですよ」

咎めるつもりだったのに、自分でも驚くほど優しい声が出て、紫緒は自分の口元をおさえた。

これも身体は正直だということだろうか。

愛しい人にたくさん可愛がってもらえて嬉しかった。身も心も柊吾でいっぱいに満たされて、幸せな気持ちが指先からこぼれそうだ。

紫緒は気だるい身体をゆっくりと起こした。

離れがたい気持ちが強いが、せっかく先に目が覚めたので、柊吾のためにおいしい夕食を作っておこう。

ベッドから降りようと動いた紫緒の目に、シーツの上に投げ出された柊吾の左手が映った。その薬指には指輪が光っている。

隣に自分の手を並べて、お揃いのリングをくすぐったい気分で眺めていると、

「嬉しそうだな、紫緒」

笑いまじりの声がして、並べていた手をきゅっと捕まえられた。

振り返ると、眠っていたはずの柊吾が目を開けている。

「すみません。起こしてしまいましたか」

「いや、熟睡していたわけではないから。それより、また指輪を眺めていたな」

「どれだけ見ていても飽きないのです。この指輪は、わたしのふたつめの宝物です」

「ふたつめ？　ひとつめがあるのか」

柊吾は興味深そうな顔をした。

「ええ。ひとつめは、初恋の方との思い出の品なのです」

紫緒は恥じらいを感じて、自然と目元をほころばせた。

「それは聞き捨てならないな」

柊吾は身体を起こすと、紫緒の手を取って自分のほうへ引き寄せた。力に逆らわなかった紫緒は、柊吾の胸に倒れ込む。

「その話、詳しく聞かせてほしいんだが」

紫緒を包む腕の力は案外と強く、柊吾の心情を垣間見せる。

眉間にきびしく刻まれたしわを見つけて、紫緒は不思議に思った。

「興味がおありですか？」

「当然だ。紫緒の初恋の話だろう」

旦那様が知りたいというのであれば、拒む理由はない。

紫緒は話をしやすいように座りなおすと、あらためて柊吾の肩に頬を寄せた。

「あれは……桜の花びらが舞う季節のことでした。二条《にじょう》の屋敷では、毎年恒例の桜の宴が催され、大勢の来客でにぎわっていました。当時、わたしは八歳で、初めてお客様の前に出てご挨拶することになっていたのです」

この日のために特別に誂えた振袖を着せられ、二条の親類が集まる席で、久嗣翁《ひさつぐおう》の養子として挨拶をする。

久嗣翁は、愛娘《まなむすめ》のお披露目だと言っていた。言葉のとおりに、紫緒は娘として引き取られた三歳のころから、ずっと女の子の格好をさせられていたのだった。

とても緊張していたのを覚えている。言葉づかいや作法を間違えないように挨拶をしなければならないのもそうだが、当時の世話係からは、くれぐれも着物を汚さないようにと何度も言われていて、宴の場へ向かうために庭を歩くのにも気を遣う有様だった。

「それなのに、もうすぐ出番という頃になって、わたしはかんざしを失くしたことに気がつきました」

「かんざし？」

「はい。薄紅の桜の花をあしらった品でした。振袖に合うように特別に誂えていただいたものです」

かんざしも名工が手がけた極上品だった。

けれども汚さないように着物の袖や帯ばかりを気にしていたせいで、結った頭への注意が疎かになっていたのだ。

「部屋から歩いてきた道を何度もたどっては、垣根の下や庭の隅まで探したのに、かんざしは見つかりません。時間は刻々と過ぎていき、困り果てたそんな時に、お助けくださった方がいたのです」

「それが……」

「はい。その方は、ご友人の部屋を訪ねた折にわたしに気づかれ、事情を知ると、庭木の枝に引っかかっていたかんざしをすぐに見つけてくださいました。そのうえ頭を撫でて、褒めてくださったのです。『可愛いな、よく似合ってる』と……。わたしはこの姿でいてもいいのだと、励ましてもらったような気持ちになりましたし、そのあとは落ち着いて挨拶をすることができました」

その男には何の他意もなかったのだとわかっている。けれど成長するにつれて女の格好をすることに違和感をおぼえ始めていた紫緒にとっては、まさに救いとなる一言だった。

「その、初恋の思い出のかんざしが、ひとつめの宝物なのか」

「はい」

いまでも宝箱の中に、思い出とともに大切にしまってある。

「……どんな男だ」

そこまで知っておかないと気がすまないのか、柊吾はまっすぐな目で紫緒を見下ろす。

紫緒はきょとんとした表情で柊吾を見つめ返した。

もしや柊吾は、その男になんらかのこだわりを感じてくれているのだろうか。

どこか憮然とした表情が、なんだか嫉妬してくれているみたいに感じて、紫緒は自然と微笑んでいた。

「柊吾さんですよ」

「え?」

「その初恋の方は、柊吾さんです」

「……俺……?」

「はい。宴を抜け出して、天彰《たかあき》さんのお部屋へ向かう途中での出来事でした」

柊吾にとっては思いがけないことだったのか、信じられないといった様子だ。

「社会人になられてから、なかなか姿をお見かけしなくなった柊吾さんとお会いできて、しかも声までかけていただいて、わたしは天にも昇るような心地でした」

「……そんなことが……あったような……」

柊吾は空を仰いで考え込むが、どうやら記憶にないらしい。

「かまいません。わたしの思い出ですから」

自分が覚えて大切にしているから、それでいい。

「それに、以前にもお伝えしたはずですよ。わたしは、ずっと柊吾さんをお慕いしていましたと」

「……紫緒」

告白から照れくさい気持ちになって、にっこりと笑いかけると、柊吾は困ったように顔をしかめながら、紫緒をきつく胸に抱きしめてくれた。

「小さな紫緒の振袖姿、もっとちゃんと見ておけばよかったな。惜しいことをした」

「なんですか、もう」

「なあ、紫緒」

「はい？」

「……爺さんの勝手で娘代わりに引き取られて、恨んだことはあるか？」

「……それは……」

紫緒は自分の心のなかを覗き込む。

たしかに紫緒は、久嗣翁によって人生をねじ曲げられた。

二条久嗣が掌中の珠として慈しむ子という立場は、不自由なことも、無くしたものも、諦めたことも多かった。

年齢を重ね、自分の立場を理解するうちに、理不尽なことやままならないことは、流れに身を任せてやりすごすことを覚えたが、それも紫緒にとってはそこで生きていくための術だった。

けれど久嗣翁と暮らした日々は、けっして辛いだけではなかった。行儀作法など厳しく躾けられたこともあったけれど、久嗣翁なりの愛情をたくさん貰ったように思う。

数奇な運命だと他人は言うけれど、紫緒にとってはそれほど悪いものでもなかった。

紫緒が幼いころ、久嗣翁が口癖のように言っていたことがある。

『紫緒には必ず、よい嫁ぎ先をみつけてやるからの。楽しみにしておれ』

それを信じて育った子供が、胸に抱いた願いは、ずっとひとつだけだった。

許されるなら、想うお方の傍にいて、その人のために尽くしたい。

相手も自分のことを同じように好きになってくれたら幸せだけれど、そこまで高望みはしないから。傍においてもらえる程度には気に入ってもらえれば嬉しい。

自分の考え方が、世間一般の常識と多少ずれているのは自覚している。

そして想った相手も、たったひとりだけだった。

「お祖父様の養子にならなければ、きっと、いまのこの幸せはありませんでした。だから感謝しています。よくぞわたしを選んでくださいましたと」

柊吾の傍にいられる人生を貰えたのだから、なにも不満はない。

「そう思えるのも、柊吾さんのおかげです」

しみじみと呟くと、

「おまえは……まったく、どこまで前向きになんだか」

苦笑する柊吾にシーツの上に寝かせられ、つかんだ膝を大きく割られた。

開いた脚の間に身体を入れてくる柊吾の意図にようやく気づいて、紫緒はとっさに手で胸を押し返す。

「だめですよ柊吾さんっ」

「許せ。どうしても可愛がらずにはいられない気分だ」

「もう、無理……っ」

抵抗できたのは、ほんの数分のこと。紫緒はすぐに巧みな愛撫に溶かされていく。

昼間のような性急さがないぶん、柊吾の行為は丁寧なうえに執拗で、延々と紫緒を翻弄した。

それから、とっぷりと陽が暮れて。

さすがに空腹を覚えたふたりは、ようやくベッドから降りて身支度を整え、キッチンへと移動した。

柊吾は簡単なものでいいと言ったが、久しぶりに旦那様に食べてもらえるのだからと、紫緒はつい張り切ってしまう。

「そういや紫緒は、今日から夏休みだと言ったな」

「はい。後期の開始は、九月からです」

カウンター席でコーヒーを飲みながら、紫緒が料理をする様子を眺めていた柊吾は、ふらりと席を立ってどこかへ行くと、紙の束を手に戻って来た。

「どれでも好きなものを選べ」

「なんですか？　これは」

紫緒はコンロの火を止めて、受け取った紙をめくって見る。

「これは……」

「祝言をあげた。指環も渡した。あとは新婚旅行だろう。ちょうど夏休みだからな」

それは旅行のパンフレットだった。印刷された冊子から、コピー用紙にプリントアウトされたものまである。

「すべていまから頼んでも大丈夫なものだそうだ。紫緒が行き先を決めてくれ」

行き先も、あらゆる場所が豊富に取り揃えられていた。

国内の老舗温泉や、人気のテーマパーク。最近ではパワースポットとして取りざたされている古道や、日本一の霊峰。

海外では、アメリカだけでも、ブロードウェイの舞台めぐりから、ハリウッドの観光とテーマパークで遊べるツアーなどが数種類ある。

またヨーロッパでは、古都や古城を周遊するものや遺跡の探索など、魅力的なものばかりだし、驚くことに、オーロラを見るツアーや、無重力を体験できる企画まであった。

「わたしが決めてかまわないのですか？　柊吾さんは、なにか希望はありませんか？」

一人では決めかね、参考にしようと訊ねたのだが、柊吾は首を横に振るだけだった。

「紫緒がどこを選ぶのか、それも楽しみだからな」

「……そうですか」

嬉しいのに困った気持ちでパンフレットをより分けていると、南の島の写真が目に入って、大切なことを思い出した。

「あ…っ」

「ん？」

「そういえば、先日、お爺様から電話がありまして、柊吾さんに相談しようと思っていたことがあるのです」

「爺さんから？」

柊吾は少し警戒するように、訝しげに顔をしかめる。

「はい。お爺様が所有しているハワイの別荘なのですが、今年の夏は使う予定がないので、新婚旅行がてら遊びに行ってはどうかと勧めてくださいました」

すぐに柊吾に相談したかったのだが、仕事が忙しく言いだせないままになっていた。

「ずっと幼いころ、お爺様のお供で何度か行きましたが、プライベートビーチもあってとても綺麗なところですよ」

「……なるほどね。紫緒は、ハワイが好きか？」

「はい。ハワイに行くと、大らかで開放的な気分になれます。帰るときにはいつも、残念な気持ちになりましたね」

そう答えると、柊吾は顎に指を当て、真剣な顔をして考え込んだ。

「新婚旅行だからな。忙しく観光するより、ゆっくりと過ごす時間を優先するか」

「そうですね。柊吾さんもお仕事が忙しいのですから、旅行で疲れるよりも、寛いで英気を養ってください」

深く考えずに賛成したことが、まさかあのような展開になるとは。そのときの紫緒は予想もしていなかった。

それから数週間後の、八月の中旬。

空港まで城田に車で送ってもらったふたりは、搭乗手続きを済ませると、ひとまずラウンジに落ち着いた。

「……えっ？　どこですか？」

「ハワイのヴィラだ。買ったばかりだから、俺も行くのは初めてだがな」

「買ったって……」

悩んだ末に、ハワイ行きを選んだのは紫緒だ。その後の手配は任すように柊吾に言われたので、衣類や日用品など、荷物の支度をしながら出発の日を楽しみに待っていた。

でもここへ来てようやく滞在先を聞かされた紫緒は驚いていた。

一年を通して何回使用するかもわからないのに、柊吾は高級リゾート地のヴィラを一軒購入したというのだ。

「オアフ島の西側のリゾート施設で、二十四時間コンシェルジェ常備。あとはキッチンの設備がよかったのでそこに決めた。紫緒も気に入るといいが」

「わたしは、お爺様の別荘でもかまいませんでしたのに」

「新婚旅行まで、爺さんにお膳立てしてもらうわけにはいかないからな」

どうやら柊吾は、久嗣翁と張り合うためだけに、けっして安くはない物件を購入したらしい。

「柊吾さんは……」

ついため息をつくと、柊吾は困ったように苦笑いをした。

「あきれたか?」

確かに、なんて無駄遣いだとあきれたが、買ってしまったものは仕方がない。

こうなれば夫唱婦随《ふしょうふずい》だ。旦那様が良かれと思ってしたことに、文句を言うなどもってのほかだと思うことにしよう。

「いいえ。どんなお部屋か楽しみですね」

微笑むと、柊吾もほっとしたように笑い返してくれた。

「紫緒が気に入ったなら、夏は毎年ハワイで休暇を過ごすことにするか。結婚記念日には少し遅れるが」

「結婚記念日ですか」

「ああ。夏休みをとるいい口実になる」

柊吾は来年の、またその先の夏の話をしている。紫緒とふたりで過ごす夏の話を、楽しそうに、なんの疑いもなく。

紫緒の胸が、ふいに熱くなった。

「わたしも、卒業したら専業主婦になりますから、お休みの心配はいりませんしね」

そう言うと、柊吾は紫緒の髪をさらっと撫でた。

「そうだな。いまはそれでもいい。だがやりたい事を見つけたときは、迷わないで進めよ。俺は共働きでもかまわないからな」

「……柊吾さん」

「紫緒はもう自由だ。なんでも思うとおりにやってみろ。例えそれでケンカをするようなことがあっても、仲直りをする努力は惜しまないから」

やはり柊吾は、紫緒と歩む未来を信じてくれている。

「それでしたら、夏休みをいただける職業を選ばなくてはいけませんね」

どの道を選んでも、柊吾は傍にいてくれるのだから。

「夏でも冬でも、いつでもいいさ」

やがて係員が搭乗の案内にやってきて、紫緒は柊吾に手を取られながら立ち上がる。

「さあ、行くか」

「はい」

ふたりは晴れやかに、未来へと飛び立つのだった。

あとがき

みなさまこんにちは。こんばんわ。おはようございます。真先《まさき》ゆみです。

このたびは、ガッシュ文庫さんで二冊目の本を手に取ってくださいましてありがとうございます。

今作のテーマは『嫁入り』でした。

もちろん男子が男の方のもとに嫁ぐというのは、なかなか難しいことかもしれません。ですのでこちらはファンタジーだと思って楽しんでいただけたら嬉しいです。

嫁入りとくれば、次にくるのは新婚生活。いまは仲良しな柊吾さんと紫緒ですが、結婚とは別々の環境で育ったふたりが共同生活を始めるということです。

習慣や嗜好の違いもあります。いつまでも仲良しばかりではいられないでしょう。でもときにはケンカしてぶつかり合ううちに、自然とお互いの角が削れて丸くなっていくのだと聞いたこともあります。

この夫婦は、まだまだ書いてみたいと思うふたりです。

それではいつものお礼の言葉を。

今回もこの本が皆様の手元に届くまでに、たくさんの方々のお世話になりました。

挿絵を描いてくださいました六芦《りくろ》かえで先生。表紙の柔らかな色遣いがとても素敵で感動しました。作品を華やかに彩ってくださってありがとうございました。

担当様、編集部の皆様、デザイナー様、書店様。その他にもこの本に携わってくださいましたすべての方々に、心からお礼をもうしあげます。

そして数多のなかからこの本を手にとってくださった読者様。

最後まで読んでくださってありがとうございました。

ぜひまた、次の話でもお会いできることを願っています。

真先ゆみ

担当さんにメガネ姿の
攻さんをほめられて調子
に乗ってみました♥
…が、なぜか
コスプレモノに（笑）

KAIOHSHA ガッシュ文庫

箱入り姫の嫁入り
（書き下ろし）

真先ゆみ先生・六芦かえで先生へのご感想・ファンレターは
〒102-8405 東京都千代田区一番町29-6
（株）海王社 ガッシュ文庫編集部気付でお送り下さい。

箱入り姫の嫁入り

2011年8月10日初版第一刷発行

著　者　真先ゆみ
発行人　角谷 治
発行所　株式会社 海王社
〒102-8405　東京都千代田区一番町29-6
TEL.03(3222)5119(編集部)
TEL.03(3222)3744(出版営業部)
www.kaiohsha.com
印　刷　図書印刷株式会社

ISBN978-4-7964-0202-6

KAIOHSHA ガッシュ文庫

華蜜の斎王

谷崎 泉

イラスト／稲荷家房之介

疾風の国の王子・青嵐は、国の密命を受け、幻の国といわれる華蜜の国へと旅立った。辿り着いた華蜜の国で、青嵐は人目を避けるように幽閉されていた一人の佳人と出会う。イリスと名乗るその青年は他人と交わる事を禁じられていた。秘めた逢瀬を重ねるうちに、イリスもまた闊達な青嵐に惹かれていくが——。

傷痕に愛の弾丸

バーバラ片桐

イラスト／高座 朗

一年前まで会社員だった矢坂は、ホストとして歌舞伎町にいた。女詐欺師に騙され多額の借金ができたからだ。ある日、矢坂は小柳と名乗る男と出会う。酔った矢坂を犯した小柳は、矢坂に言い寄る客の親から派遣された別れさせ屋だった。ある情報を得た矢坂は、小柳に身体を代償として調査を依頼するが…!?

くるおしく君を想う

沙野風結子

イラスト／朝南かつみ

憧れていた人が想うのは兄。弟の自分は疎まれていた——死を願われるほどに。その哀しい記憶から十三年、航希は兄の采登が失踪したことで焦がれていた男・莉一と再会する。采登の借金を肩代わりするという莉一は、その代償として自分が愛した采登の代用品になることを航希に求めてきて…!?

KAIOHSHA ガッシュ文庫

酷いくらいに

高遠琉加

イラスト／麻生ミツ晃

料理人見習いの瀬名広見は、兄の恋人だった秋をひそかに想っている。不幸な事故で家族と足の自由を失いながらも穏やかで優しく、懸命に生きている秋。片思いのままでもずっとそばにいて、彼の笑顔を守っていけたらいい。そう思っていたはずだったが、秋とあたたかい時間を重ねる中、愛しさとともに歪んだ欲望も募り――。

若獅子と氷艶の花

あさひ木葉

イラスト／朝南かつみ

香港黒社会の覇者・李麗峰に仕える藍永華は、商談のため来日した夜、拉致されてしまう。不埒な所業の首謀は東亜覇王会に属する鷹峰宗家の跡目・紗一。宴席で永華に口づけ、不遜なアプローチをしてきた男だった。手酷くあしらった報復か、紗一は永華を激しく蹂躙する。絶対に許さない……！

夜へと急ぐ二人

水原とほる

イラスト／葛西リカコ

病気の母のために暴走族を抜け、整備工場で勤務する翠。彼は暴走族の時代の後輩が犯した過失を庇い、弁護士の北原に謝ることに。何でも言うことを聞くから許してくれないかと頼み込む翠に突然キスをしてきた。――紳士然とした北原が一変して、したたかで不遜な笑みを浮かべた。

この世の楽園

綺月 陣
イラスト／朝南かつみ

桂城バンク勤務の蔵野悠介はある日突然、グループ総裁子息・聖也の「教育係」に任命される。大学生の聖也は純粋で美しい青年だが、あまりに高慢だった。これまで冷静沈着を貫いてきた悠介も一筋縄ではいかない聖也に手を焼き、その境遇に耐え切れず苦手な弟・賢司にこの仕事を押し付けようと助けを求めたが…？

御曹司の花嫁

愁堂れな
イラスト／かんべあきら

操は悲しみに暮れていた。以前より密かに想いを寄せていた温厚で誠実な親友・小早川が結婚してしまうというのだ。そんな操の元に小早川がやってくる。「花嫁に逃げられてしまったのだが、結婚式を挙げねばならない。同名の操に花嫁の代わりになってほしい」と懇願され、それを受け入れてしまい…？

個人教授

秀香穂里
イラスト／やまかみ梨由

塾講師の俊一は、かつての同級生の弟・育美の家庭教師をすることになった。しかしそこで俊一が高校時代、育美の兄に性欲の捌け口にされていたことを思い出されてしまう。育美の荒々しい愛撫に翻弄される俊一。育美の執着に戸惑いながらも、俊一は以前、育美に対して歪んだ快感を覚えたことを思い出して…。

その刑事、天使につき

剛しいら

イラスト／ひたき

検察官の出水は、検察庁に出向してきた刑事の瑞樹と共に仕事をすることになった。お坊ちゃん体質でおっとりしている瑞樹に、気の短い出水は苛々してしまう。しかし、誠実で純真無垢な瑞樹に次第に惹かれていく。捜査のため出水の部屋に寝泊まりしていただけなのに、瑞樹への欲望を抑えきれず…？

紫炎 special buddy

橘かおる

イラスト／サマミヤアカザ

パリ・オペラ座、機密情報の受け渡しで国際警察機構の刑事・轟憲吾はアンリ・ドワイエという美貌の男と出会う。思わぬ状況からアンリと一夜の契りを結んだ憲吾。だがボディガードを務めるアンリと共に、マフィア子息の警護に就くこととなる。怜悧な仕事の顔と妖艶な夜の顔――アンリの魅力に憲吾は翻弄され…!?

記者と番犬

洸

イラスト／佐々木久美子

急遽、温泉取材を引き受けることになった週刊誌の記者・吉岡は、カメラマンとなった弟分の多岐と再会する。犬のように懐いていた幼いままの笑顔で、傍にいるだけで嬉しいと言う一途な多岐に、番犬付き生活の快感を知る吉岡。だが、多岐に押し倒されて…。番犬が反抗期!?

卒業式 ～祝辞～

水壬楓子
イラスト／高久尚子

養護教員を務める秦野雅臣は、高校時代の親友・竹政一哉から卒業式に受けた告白を忘れられない。応えられずに酷い言葉を投げた——それから9年。卒業式を迎えた学院に、政治家秘書になった一哉が祝辞代行で訪れ、今も想っていると告げてきたのだ。秦野も一哉が好きだったが素直にその腕に飛びこめない理由があって…？

恋情の雨が君を濡らす

鳩村衣杏
イラスト／あさとえいり

離婚してから一年。渡辺森江が雨の夜に出会った喪服の男は、転職先の社長秘書・椿佳道だった。そつのないストイックな秘書ぶりと私生活を一切明かさない頑なさに森江は惹かれる。性別、過去…すべてを超越する、なりふり構わない情熱。初めてともいえる想いに森江は溺れるが…。

キス&クライから愛をこめて SIDE:KISS

小塚佳哉
イラスト／須賀邦彦

かつて天才少年と呼ばれたフィギュアスケーターの隼。オリンピック最終選考会に敗れ失意の中、ひとりの男と出会う。ダブルのスーツが似合う見惚れるほど精悍な顔だちの男は、隼のファンだと言い愛情のこもった眼差しで隼を見つめていた。極道にしか見えない彼・天城のことが心から離れず……？

KAIOHSHA ガッシュ文庫

Heimat《ハイマート》 Rose《ローゼ》 —繋囚—

鈴木あみ
イラスト／夢花李

流刑島・ヴァルハイ。数年前から囚われの身であるチュールは、嵐の翌日、浜で怪我を負った高貴な美貌の青年・レイを助けた。無実の罪で流刑になったという彼は、自分を陥れた男への復讐のため島からの脱出を図る。その圧倒的な強さと垣間見せる優しさに魅せられ、チュールはレイを愛しはじめるが……。

サンクチュアリ

杏野朝水
イラスト／いさき李果

恩ある社長から子息の世話役を与えられて十一年、川名進は彼の専務就任とともに東光コンツェルンの中核企業で秘書となった。夏来が逞しく精悍な男になるのを見つめ続け、補佐だけに専念した。…冷静な秘書の顔で欲望をひた隠しにして。だが過去の恋人を知った夏来に、進は熱烈に求められて…。堕ちてはいけない恋。

魔性の男、躾けます！

松岡裕太
イラスト／萌木ゆう

水原斗基、十代にして魔性の男。彼の眼差しに、すべての者は魅入られる——。その美貌を利用して、母親の借金返済のためホストクラブで働いていた斗基は、ある夜、ボディガードを伴った高校生・龍一と出会う。龍一が政治家の長男だと知り、誘拐して身代金を要求しようとするが、逆に拘束されてしまい…!!

KAIOHSHA ガッシュ文庫

サクラサク ～不惑の恋～

いおかいつき

イラスト／高橋　悠

容姿端麗で仕事もデキる俊哉は四十になった今でも独身生活満喫中。だが、心の支えだった愛猫の死から一ヵ月、一人の部屋に帰るのが嫌で、必要もないのに残業する毎日。そんな折、隣に住む大家族の長男・大樹が受験で集中出来る環境を探していると知り、寂しさを紛らわせるつもりで自室の提供を申し出るが…？

密愛契約

藤森ちひろ

イラスト／梨とりこ

あまりにも優雅で官能的な微笑だった。有名レストランで副支配人を務める裕紀は独立を考えていた。資金集めに苦労する裕紀にある客が声をかける。高級クラブを営む実業家神矢が開業に必要な資金を出すと申し出たのだ。純粋に喜ぶ裕紀だが神矢は代償として裕紀が「愛人」になることを求めて……。

白梅の契り

絢谷りつこ

イラスト／六芦かえで

幼い頃に賊にさらわれ、男たちの慰み者になっていた郁。ある夜、賊が住処とする古寺に鬼が現れる。銀の髪に銀の瞳、気高さと猛々しさを併せ持つ鬼・琥月に見惚れ、彼に喰われるならば嬉しいと目を閉じた郁。だが琥月は郁を喰らわず、白梅が咲き誇る幽境——鬼が住む世界へと連れ去り…？

KAIOHSHA ガッシュ文庫

恋愛の系譜

火崎 勇

イラスト／小山田あみ

ＩＴ企業の社長・穂高はヤクザの組長の私生児。縁を切った父親は忘れて、友人と起業し名のある会社に育て上げた。ところが、父親の使いと称する秘書の白河が訪れる。父親の組を継いで欲しいというのだ。「俺に抱かれるなら考えてやる」極道らしくない美貌の白河を揶揄うつもりだった。だが、彼は自らの身体を差し出して…!?

虜にしたい

神楽日夏

イラスト／サマミヤアカザ

メンズもレディスも着こなす男女兼用モデルの真雪は、世界で活躍するメンズ・トップモデルの九堂陣と共演することになる。真雪に会うためトップモデルになったという彼は、真雪が男と知ってなお「こんなに好きになっちゃったもんはしょうがないよ」と犬のように懐き、所構わず迫ってきて――!?

束縛の指輪

水島 忍

イラスト／三池ろむこ

天涯孤独の大学生・愁は、アンティークジュエリー会社社長の和宏と知り合い、彼の店に招待される。すると、そこで試しにはめてみた高価な指輪が抜けなくなってしまった。慌てた愁が和宏に謝ると「私の責任だから、しばらく私の部屋で生活しなさい」と指輪が抜けるまで和宏の監視下に置かれることになるが……?

KAIOHSHA ガッシュ文庫

神官は王を悩ませる

吉田珠姫

イラスト／高永ひなこ

冴紗との婚礼の儀を済ませ、幸せなはずの羅剛王。しかし、想いが通じたからこその苦しみが羅剛を襲う。冴紗を常に自分のもとにおいておきたい、ひと時たりとも他人の目に触れさせたくない。手に入れた者だけの苦しみに羅剛は囚われる。そんな折、羅剛と冴紗は隣国・萋葩より招待を受け赴くことになり――。

龍と竜～虹の鱗～

綺月 陣

イラスト／亜樹良のりかず

兄に育てられた寂しがりやの颯太は凛々しく美しい青年へと成長した。子供の頃から可愛がってくれる市ノ瀬組組長の高科次郎が大好きで、次郎もまた恋人として颯太を愛してくれた。しかしある日、次郎が別の男と抱き合うシーンを目撃してしまう。次郎に裏切られたと悲嘆にくれた颯太は…？

鬼畜メガネとヘタレ様

猫島瞳子

イラスト／みろくことこ

市川俊弘、会社社長。取り柄は容姿と財力と人の好さ。難点は……ちょっとだけ、騙されやすいところだ。そんな俊弘に呆れて同居を始めた秘書の志朗は、常日頃、冷淡でドSな男。「お仕置き」と称して俊弘のアソコにピアスをつけたりコスプレ紛いのことをさせたり…。ドSメガネと天然な社長の奔放ラブ♥

欲しいのは、愛

伊郷ルウ
イラスト／タカツキノボル

モデルのマネージャーをしている遥佳は、別事務所社長・奈良橋と週末ごとに身体を重ねる仲。しかし、奈良橋は遥佳も憧れていた元トップモデルで交友関係も派手。セフレの領分を超えまいと、遥佳は好きな気持ちを打ち明けることができない。捨てられるのは怖い、でも捨てられるなら自分から離れてしまいたい。思い悩む遥佳は…。

らぶあらぶ♥
～はわわ大誘拐！～

高峰あいす
イラスト／みろくことこ

商談のため中東某国にやってきた久瀬コンツェルンの専務が王族のパーティーで出逢ったのは無垢な瞳の可愛いターリク王子。ところがなんと久瀬は薬入りのシャンパンで眠らされてしまう。王子のキスで目を覚ますと「取引の契約書にサインしないと、俺のてくにっくでめろめろにしてやる」と突然迫られてしまって!?

あきれるほど幸せな政略結婚ッ！

松岡裕太
イラスト／一条クロ

老舗高級旅館の息子・凛太郎は、経営が危うくなった旅館の金策のため、贔屓の不動産グループの社長の養子になることに。子供のいない老夫婦の子供になるもんだと思って連れてこられた屋敷には、二十代半ばの若い男性！　でも家のためなら養子でも嫁にでもなってやるぜと男らしく覚悟を決めてベッドイン!?

ガッシュ文庫

小説原稿募集のおしらせ

ガッシュ文庫では、小説作家を募集しています。
プロ・アマ問わず、やる気のある方のエンターテインメント作品を
お待ちしております！

応募の決まり

[応募資格]

商業誌未発表のオリジナルボーイズラブ作品であれば制限はありません。
他社でデビューしている方でもＯＫです。

[枚数・書式]

40字×30行で30枚以上40枚以内。手書き・感熱紙は不可です。
原稿はすべて縦書きにして下さい。また本文の前に800字以内で、
作品の内容が最後まで分かるあらすじをつけて下さい。

[注意]

・原稿はクリップなどで右上を綴じ、各ページに通し番号を入れて下さい。
　また、次の事項を１枚目に明記して下さい。

　タイトル、総枚数、投稿日、ペンネーム、本名、住所、電話番号、職業・学校名、年齢、投稿・受賞歴（※商業誌で作品を発表した経験のある方は、その旨を書き添えて下さい）
・他社へ投稿されて、まだ評価の出ていない作品の応募（二重投稿）はお断りします。
・原稿は返却いたしませんので、必要な方はコピーをとって下さい。
・締め切りは特別に定めません。採用の方にのみ、３カ月以内に編集部から連絡を差し上げます。また、有望な方には担当がつき、デビューまでご指導いたします。
・原則として批評文はお送りいたしません。
・選考についての電話でのお問い合わせは受付できませんので、ご遠慮下さい。

※応募された方の個人情報は厳重に管理し、本企画遂行以外の目的に利用することはありません。

宛先

〒102−8405　東京都千代田区一番町29−6
株式会社 海王社　ガッシュ文庫編集部　小説募集係